Caroline Quine

Alice au Canada

Traduction d'Hélène Commin

Illustrations de Philippe Daure

Hachette

DU MÊME AUTEUR

dans la même collection :

1. *Alice détective*
2. *Alice au bal masqué*
3. *Alice et le chandelier*
4. *Alice au camp des biches*
5. *Alice au Canada*
6. *Alice et le corsaire*
7. *Alice écuyère*
8. *Alice et le fantôme*
9. *Alice et le médaillon d'or*
10. *Alice et les chaussons rouges*
11. *Alice et le pigeon voyageur*
12. *Alice et le talisman d'ivoire*
13. *Alice et le violon*
14. *Alice et les trois clefs*
15. *Alice et les diamants*
16. *Alice et le pickpocket*
17. *Alice au manoir hanté*
18. *Alice et le flibustier*
19. *Alice et le dragon de feu*
20. *Alice et le carnet vert*
21. *Alice et la pantoufle d'Hermine*
22. *Alice et les plumes de paon*
23. *Alice et l'ombre chinoise*
24. *Alice en Écosse*
25. *Alice dans l'île au trésor*
26. *Alice et les chats persans*
27. *Alice et le vase de Chine*
28. *Alice et le clavecin*
29. *Alice et la statue qui parle*
30. *Alice et le tiroir secret*
31. *Alice et les faux-monnayeurs*
32. *Alice à Paris*
33. *Alice et la malle mystérieuse*
34. *Quand Alice rencontre Alice*
35. *Alice et la diligence*
36. *Alice et le diadème*
37. *Alice et la pierre d'onyx*
38. *Alice en safari*
39. *Alice au ranch*
40. *Alice aux îles Hawaï*
41. *Alice chez les Incas*
42. *Alice et l'esprit frappeur*
43. *Alice et le robot*
44. *Alice et les contrebandiers*
45. *Alice et le mannequin*
46. *Alice et la dame du lac*
47. *Alice à la réserve des oiseaux*
48. *Alice et la fusée spatiale*
49. *Alice et le violon tzigane*
50. *Alice et la rivière souterraine*
51. *Alice et les marionnettes*
52. *Alice et l'avion fantôme*
53. *Alice et le témoin prisonnier*
54. *Alice et le secret du parchemin*
55. *Alice et la poupée indienne*
56. *Alice à Venise*
57. *Alice et l'œil électronique*
58. *Alice chez le grand couturier*
59. *Alice et le mauvais présage*
60. *Alice et les magiciens*
61. *Alice et l'ancre brisée*
62. *Alice et le cheval volé*
63. *Alice et la soucoupe volante*
64. *Alice et la bague du Gourou*
65. *Alice et le symbole grec*
66. *Alice et le secret de la vieille dentelle*

L'ÉDITION ORIGINALE DE CE ROMAN
A PARU EN LANGUE ANGLAISE
CHEZ GROSSET ET DUNLAP,
NEW YORK, SOUS LE TITRE :
THE MESSAGE IN THE HOLLOW OAK

Hachette, 79, boulevard Saint-Germain, 75006 Paris

Chapitre 1

Une grande nouvelle

Assise dans l'antichambre qui précédait le bureau de son père, Alice lisait et relisait avec impatience ces mots inscrits sur la porte close :

« James Roy, avocat. »

Le visage de la jeune fille était animé et ses yeux bleus pétillaient. Elle avait une si grande nouvelle à annoncer à son père, et voici que cette maudite porte semblait ne jamais devoir s'ouvrir. Comment le visiteur qui était en conversation avec l'avocat pouvait-il s'éterniser ainsi ?

« Ce n'est pas amusant d'attendre, dit Alice à la secrétaire installée à une petite table près de la porte.

— Je dirais bien à M. Roy que vous désirez le voir, fit la jeune femme, mais il m'a tellement recommandé de ne pas le déranger...

— Je ne désire en aucune façon l'interrompre, dit Alice vivement. Pour que l'entretien avec un visiteur dure aussi longtemps, il faut que l'affaire soit des plus importantes.

— C'est M. Marc Taylor qui est dans son bureau.

— S'agirait-il de M. Taylor, l'entrepreneur de construction? Celui qui exploite aussi ces immenses chantiers de bûcheronnage à la frontière du Canada?

— Parfaitement. Et je crois qu'il s'apprête à entrer en procès avec une société canadienne. J'ai vu divers papiers à ce sujet. »

Elle baissa brusquement la voix, car la porte du bureau s'ouvrait à cet instant. James Roy et le visiteur apparurent. Ce dernier était un homme d'une cinquantaine d'années, au visage haut en couleur. A l'aise dans ses vêtements de coupe large, il avait la démarche souple et assurée des gens qui vivent et travaillent au grand air.

« Tiens, Alice, quelle agréable surprise! » fit l'avocat en découvrant sa fille. Et, se tournant vers son visiteur, il ajouta avec un sourire : « Je te présente M. Taylor.

— Tel père, telle fille, sans aucun doute, dit l'entrepreneur, l'air bonhomme. On m'a raconté, mon cher Roy, que si Mlle Alice se lançait aussi dans les affaires, il ne vous resterait plus qu'à fermer boutique. »

Alice éclata de rire en entendant ce compliment imprévu, mais elle se hâta de changer de sujet.

« Pour l'instant, monsieur, je ne m'intéresse plus du tout aux énigmes, annonça-t-elle. Je prends des vacances et, pour ne pas m'ennuyer, je m'occupe de radio.

— De radio? répéta James Roy, étonné.

— Mais oui, papa, et c'est justement pour cela que je venais te voir, s'écria Alice, incapable de se contenir davantage. Figure-toi que j'ai remporté le premier prix dans un concours organisé à la radio!

— Je ne savais même pas que tu avais participé à une compétition quelconque, répliqua l'avocat, au comble de la stupéfaction.

— C'est une idée qui m'est passée par la tête il y a quelque temps, et puis je n'y ai plus du tout pensé. Voici de quoi il s'agissait : au cours de l'émission publicitaire patronnée par l'Association des fabricants de soies et velours, on avait offert un prix. Il devait revenir à l'auditeur qui trouverait le meilleur titre pour un feuilleton, écrit par Annie Chapelle. Je n'ai pas manqué une seule émission de la série, tant l'histoire était palpitante. Et, pour m'amuser, j'ai envoyé un titre, sans songer le moins du monde que j'avais quelque chance d'obtenir une récompense. Aussi, juge de ma surprise quand, ce matin, j'ai reçu une lettre de la radio, en même temps que mon titre de propriété.

— Ton titre de propriété? répéta James Roy, ébahi.

— Parfaitement. Et l'Association des fabricants m'a aussi envoyé une carte accompagnée d'un plan détaillé afin que je puisse trouver mon terrain sans difficulté.

— Ainsi, le premier prix du concours était une terre!

— Mais oui, et je suis folle de joie à l'idée de

l'avoir gagnée. Jamais je n'aurais cru devenir un jour propriétaire.

— Tu ne me dis pas où se trouve ce terrain, fit soudain James Roy, d'un ton soupçonneux. Je parie qu'il s'agit de quelque coin perdu, noyé sous un mètre d'eau, au fin fond des marécages de la Floride. »

Alice tira des papiers de sa poche et les tendit à son père.

« Voyons, papa, ne sois pas si pessimiste, dit-elle. Mon terrain est au Canada ; et je suis sûre qu'il a de la valeur.

— Sans doute vaut-il tout juste assez pour payer l'impôt foncier dont tu seras redevable », répondit l'avocat, sans se départir de sa réserve. Il parcourut rapidement les documents que venait de lui remettre la jeune fille, puis, se tournant vers son visiteur : « Tenez, Taylor, vous qui connaissez bien le Canada, jetez donc un coup d'œil sur ce plan et dites-nous ce que vous en pensez.

— Ce terrain est situé dans les parages du lac Wellington, déclara l'entrepreneur au bout d'un instant. J'ai souvent passé l'été dans cette région.

— L'endroit est-il agréable ? demanda Alice.

— A la belle saison, c'est parfait, mais l'hiver, on s'y croirait au Groenland, tant il fait froid. Il n'y a aucune culture : la forêt s'étend partout. La valeur de ces terres réside uniquement dans l'exploitation forestière, avec quelque possibilité de prospection minière, je crois.

— J'ai bien peur qu'en fin de compte tout cela ne représente pas grand-chose, reconnut Alice déçue.

— Le meilleur moyen de s'en assurer, c'est d'y aller voir, proposa alors James Roy.

— La distance n'est pas si grande, reprit M. Taylor. Oh! bien sûr, on s'enfonce en pleine nature, mais votre terrain n'est cependant pas très éloigné de la ligne de chemin de fer.

— Voyons, Alice, pourquoi n'irais-tu pas te documenter sur place?» suggéra à nouveau l'avocat.

La jeune fille regarda son père d'un air ravi.

«C'est sérieux, papa? Tu me permettrais vraiment d'accomplir ce voyage? questionna-t-elle.

— Mais oui. A condition toutefois que tu trouves quelqu'un pour t'accompagner. Je dois justement m'absenter plusieurs jours, la semaine prochaine. Tu pourrais profiter de ce moment pour aller faire un tour au Canada...

— Monsieur Taylor, vous n'auriez pas par hasard l'intention de vous rendre aux environs du lac Wellington?» demanda Alice avec espoir.

L'entrepreneur secoua la tête.

«Hélas! je ne demanderais pas mieux que de retourner là-bas. J'ai la nostalgie de ces forêts et de cet air qui embaume la résine. Mon procès m'interdit malheureusement de m'absenter en ce moment. Mais je connais une dame qui doit partir pour le lac Wellington dans quelques jours.

— Pensez-vous qu'elle consentirait à m'emmener? questionna la jeune fille.

— Si je le lui demande, elle le fera, car nous sommes de vieux amis. Elle tient là-bas un petit hôtel où nous descendions toujours, ma femme et moi, pour passer nos vacances. Elle se nomme

Mme Donnelly. C'est une excellente personne qui veillera sur vous comme une mère.

— Où se trouve-t-elle actuellement ? fit James Roy.

— Chez l'une de ses sœurs, qui exploite une ferme aux environs de River City. Mais elle doit en partir ces jours-ci et, après un bref séjour ici, regagner le Canada afin de rouvrir sa maison pour la saison d'été.

— Papa, me permettrais-tu de l'accompagner ? demanda Alice.

— Si cette dame consent à t'emmener, je n'y vois aucun inconvénient, répondit l'avocat.

— Comme je voudrais que Bess et Marion puissent venir aussi, reprit la jeune fille. Ce serait magnifique !... »

Aussitôt après avoir quitté son père et M. Taylor, la jeune fille s'empressa d'aller retrouver ses amies Bess et Marion afin de leur annoncer la nouvelle et de leur montrer les papiers reçus le matin même. Elle se demandait avec quelque anxiété si leur famille leur accorderait la permission de participer à l'expédition.

Alice marchait d'un pas léger, si absorbée dans ses projets qu'elle ne prêtait pas la moindre attention à ce qui l'entourait. Le bruit d'un avertisseur retentit brusquement à ses oreilles, et elle s'aperçut qu'elle venait d'atteindre le grand carrefour devant la Banque nationale.

Tandis qu'elle attendait le changement de feux pour traverser la chaussée, elle vit une vieille dame qui s'avançait dans sa direction, courbée sous le poids d'une lourde valise. Alice se précipita vers elle.

« Vous n'auriez pas dû vous charger ainsi, dit-elle gentiment à l'inconnue. Laissez-moi vous aider. »

La dame eut un soupir de lassitude.

« Je n'en puis plus, reconnut-elle. Je comptais sur quelqu'un qui devait venir à ma rencontre, mais il n'y avait personne au rendez-vous. C'est un monsieur qui conduit une voiture rouge grenat. Vous ne l'auriez pas vu, par hasard ? »

Alice secoua la tête.

« Non, madame, répondit-elle, mais peut-être va-t-il arriver d'un moment à l'autre. Allez-vous loin ?

— A cinq ou six cents mètres d'ici. Mais j'ai encore plusieurs rues à traverser et puis il faut que je m'arrête dans une banque pour changer un billet de vingt dollars.

— Vous en avez une juste en face, dit Alice. Si vous voulez, je pourrais rester ici avec votre valise pendant que vous irez prendre de la monnaie.

— C'est très gentil à vous, mademoiselle. Je n'en aurai que pour cinq minutes. »

L'inconnue traversa la rue puis s'engouffra dans l'immeuble de la Banque nationale. Dix minutes s'écoulèrent sans qu'elle reparût. Alice commençait à s'impatienter.

A cet instant, une voiture rouge grenat vint se ranger le long du trottoir. Au volant, se tenait un homme d'une quarantaine d'années, qui, sans façon, héla la jeune fille.

« Hé ! la belle enfant, laissez-moi vous débarrasser de cette valise ! » s'écria-t-il.

Alice le dévisagea d'un œil soupçonneux.

« J'attends une vieille dame qui est allée à la banque, expliqua-t-elle.

— Je le sais bien, dit-il avec un sourire désarmant. C'est ma grand-mère.

— Ainsi, vous êtes la personne qui devait venir la chercher ?

— Parfaitement. J'ai été retardé par un embouteillage. »

L'inconnu descendit de voiture et s'avança vers Alice. D'autorité, il s'empara de la valise, puis l'enferma dans le coffre à bagages.

« Je vais courir à la banque afin de prévenir cette dame que vous êtes là », proposa Alice.

Elle s'élança et, à son grand soulagement, rencontra la vieille dame qui justement sortait de l'immeuble.

« Votre petit-fils vous attend, annonça-t-elle. Il vient d'arriver et je lui ai laissé votre valise.

— C'est que... je n'ai pas de petit-fils », fit la dame.

Alice la regarda avec stupeur.

« Cet homme conduisait une voiture grenat. Il s'est arrêté devant moi et m'a dit que vous étiez sa grand-mère. Mon Dieu, pourvu que.... »

Sans achever sa phrase, elle se précipita dans la rue. Hélas ! Ses pires craintes se confirmèrent : l'inconnu et la voiture grenat avaient disparu !

Chapitre 2

Le voleur

« Il est parti ! » s'écria Alice.

Comprenant avec quelle candeur elle s'était laissé jouer, le cœur lui manqua : elle était seule responsable de la disparition de cette valise qui lui avait été confiée.

« C'est ma faute, dit-elle, consternée. Madame, je suis désolée de ce qui vient de se passer. Cette mallette avait-elle beaucoup de valeur ?

— Elle contenait divers papiers fort importants. S'ils sont perdus, c'est un désastre pour moi, répondit la dame, s'efforçant de maîtriser son désarroi. Comment était cet homme ?

— Il doit avoir une quarantaine d'années. Il m'a paru assez élégant. Il est blond, il a le regard aigu, le visage long.

— Alors, ce n'est pas la personne que j'attendais. L'autre a des cheveux très noirs.... Hélas ! j'ai grand-peur que vous n'ayez raison : il s'agissait bien d'un voleur, et ma valise est perdue. Mon Dieu, que vais-je devenir?

— Il faut avertir la police», déclara Alice.

Et, apercevant un agent qui faisait les cent pas non loin de là, elle se hâta d'aller lui raconter l'aventure. L'homme l'écouta d'un air soupçonneux, puis se tournant vers la vieille dame :

«Où avez-vous rencontré cette jeune fille? questionna-t-il. Lui aviez-vous dit que votre valise renfermait des objets de valeur?

— Nous nous sommes trouvées dans la rue, et elle m'a offert son aide. Je ne crois pas lui avoir parlé de ce que contenait mon bagage avant qu'il n'ait disparu.

— Si vous doutez de mon honnêteté, monsieur, fit Alice avec dignité, vous n'aurez aucune peine à recueillir sur moi tous les renseignements qui vous sont nécessaires. Mon père est avocat ici, à River City, et il y est fort connu : il se nomme James Roy.

— Comment, vous êtes la fille de James Roy? s'exclama le policier incrédule.

— Parfaitement.»

L'homme se tourna vers la vieille dame.

«Dans ce cas, madame, lui dit-il, je me porte garant de l'honnêteté de mademoiselle.

— Je n'en ai jamais douté, répliqua-t-elle. Je crois m'y entendre assez bien pour juger les gens. Ma valise a été volée par le conducteur de cette voiture grenat dont Mlle Roy vous a parlé... Voici mon nom : Mme Donnelly. J'habite le Canada.»

Alice demeura un instant stupéfaite, mais elle se garda d'en rien dire.

« Avez-vous relevé le numéro de la voiture ? » demanda le policier.

La jeune fille dut reconnaître, à sa grande confusion, qu'elle n'y avait pas songé. Cependant, elle put fournir le signalement complet du voleur et de son véhicule.

« Je vais téléphoner immédiatement au commissariat central, annonça l'agent. Et l'on alertera les cars en patrouille. Peut-être réussiront-ils à repérer cette voiture grenat. »

Quand le policier eut tourné les talons, Mme Donnelly dit d'un air las :

« Je n'ai pas grand espoir... Et à présent que vais-je faire ? Entre autres choses, mon billet de retour pour le Canada se trouvait dans la valise ! »

Alice prit une décision rapide :

« Mon cabriolet est garé tout près d'ici. Je cours le chercher et je vais me lancer moi-même à la poursuite de votre voleur, annonça-t-elle.

— Oh non, s'écria Mme Donnelly, saisissant la jeune fille par le bras. Ce serait d'une imprudence folle !

— Ne vous inquiétez pas : je ne prendrai aucun risque inutile. Seulement, vous comprenez, ce malfaiteur a déjà beaucoup d'avance sur nous et s'il nous faut attendre que la police ait transmis son signalement, il sera trop tard pour songer à le rejoindre.

— Faites donc pour le mieux, dit la dame avec émotion : mais je vous en prie, soyez prudente. Je vais vous attendre dans le vestibule de la banque. »

Alice se hâta de gagner le parc où elle avait laissé sa voiture. Quelques instants plus tard, elle se mettait en route. Elle ne comptait guère parvenir à rejoindre le fugitif, néanmoins elle était résolue à tenter l'aventure. Il lui semblait probable que le voleur avait pris la grande avenue qui menait jusqu'aux faubourgs de River City.

« Il va chercher à quitter la ville au plus vite, se disait la jeune fille. Qui sait, avec un peu de chance, je pourrais peut-être le rattraper.... »

Jusqu'à ce jour, le sort avait souvent paru favoriser Alice, mais les gens qui la connaissaient bien assuraient que ses réussites étaient dues pour beaucoup à son esprit de décision et à son intrépidité. Orpheline de mère alors qu'elle était encore tout enfant, elle avait acquis très tôt un sens pratique et un courage remarquables. Chez elle, les qualités du cœur allaient de pair avec celles de l'intelligence. Aussi s'ingéniait-elle inlassablement à secourir les personnes qu'elle voyait dans l'embarras, et l'intérêt qu'elle prenait à éclaircir les affaires les plus mystérieuses lui avait valu une solide réputation de détective. Son père, avocat de renom, se montrait fier de son habileté et il n'hésitait pas, le cas échéant, à discuter avec elle de certaines causes particulièrement difficiles. C'est ainsi que, plus d'une fois, Alice avait aidé James Roy à résoudre une énigme.

Ses amies d'enfance, Bess et Marion, qui habitaient tout près de chez elle, partageaient le plus souvent ses aventures.

« Je me demande ce qu'elles diront en apprenant que j'ai rencontré Mme Donnelly dans des circonstances aussi extraordinaires », songeait Alice, tandis qu'elle s'efforçait d'avancer le plus rapidement possible parmi le flot des voitures. « Mais si je ne parviens pas à rattraper mon voleur, je n'oserai jamais leur raconter cette histoire. J'aurais dû me montrer plus méfiante. Comment ai-je pu être assez stupide pour me laisser tromper par un inconnu ! »

Elle se tenait à présent sur ses gardes et jetait un coup d'œil dans toutes les rues transversales, dans l'espoir d'y apercevoir la voiture grenat. Mais elle ne vit pas trace du voleur. Elle parcourut encore plusieurs kilomètres, dépassa les dernières maisons de la ville. Après s'être vainement adressée à divers postes d'essence pour y obtenir quelque renseignement intéressant, elle se décida enfin à faire demi-tour, convaincue qu'elle avait pris la mauvaise route.

« Pauvre Mme Donnelly, songeait-elle. Comment vais-je lui annoncer mon échec ?... »

Elle approchait à cet instant d'un feu rouge et commença à ralentir. Devant elle, une file de véhicules déjà arrêtés attendaient que le signal passât au vert. Ceci se produisit au moment précis où Alice s'immobilisait à son tour : c'est alors que la jeune fille aperçut une voiture rouge grenat qui abordait le croisement à toute vitesse !

Alice démarra en trombe et prit le chauffard en chasse. Elle n'eut aucune peine à le rattraper, car l'homme ne s'était aperçu de rien. Arrivant à sa hauteur, elle le dévisagea. Un coup d'œil lui suffit pour s'assurer qu'elle ne s'était pas trompée : il s'agissait bien de l'individu qui s'était emparé de la valise.

Alice donna un coup de klaxon et le voleur tourna la tête. Reconnaissant la jeune fille, il fut pris de panique et accéléra brusquement. Une conductrice moins intrépide qu'Alice aurait renoncé à le poursuivre davantage, mais cette dernière n'entendait pas se laisser distancer aussi aisément. Quelques instants plus tard, elle parvenait à dépasser le fuyard.

« Arrêtez-vous ! » s'écria-t-elle.

L'homme ne broncha pas. Alice se mit alors à klaxonner désespérément afin d'attirer l'attention des automobilistes qui passaient. Et puis, elle donna un brusque coup de volant afin de couper la route du voleur et de le contraindre à s'arrêter. Les pneus crissèrent sur la chaussée et la voiture grenat s'immobilisa brutalement. Le conducteur sauta à bas de son siège et s'enfuit à toutes jambes.

« Arrêtez-le ! s'écria Alice. Au voleur ! »

Plusieurs automobiles s'arrêtèrent tandis que les passants commençaient à s'attrouper. Deux d'entre eux s'élancèrent aux trousses du fugitif qu'ils rejoignirent. Et bien qu'il leur opposât une vive résistance, ils le ramenèrent à sa voiture.

« Il a volé la valise d'une vieille dame, expliqua Alice. La police le recherche.

— Vous mentez », protesta l'homme avec rage. Et il se débattit de plus belle afin d'échapper aux hommes qui l'avaient capturé. Mais ceux-ci le tenaient ferme. Alice s'empressa d'aller ouvrir le coffre à bagages de la voiture grenat. Triomphante, elle en sortit la mallette de Mme Donnelly.

« Ceci est à moi, s'écria le voleur, furieux. Cette fille est folle : elle me prend pour quelqu'un d'autre ! »

Cependant, la foule semblait attacher plus de crédit à l'histoire d'Alice qu'aux dénégations de l'homme. Et on ne le lâcha que pour le remettre aux mains des policiers qui accouraient, alertés par l'attroupement.

« Si vous êtes innocent, dit la jeune fille au voleur, vous n'aurez aucune peine à le prouver. En arrivant au commissariat, nous ouvrirons cette valise devant Mme Donnelly.

— Vous me paierez cette insulte ! » lança l'homme tandis que les agents l'entraînaient vers le car de police.

Alice suivit dans son cabriolet, mais s'arrêta quelques instants en chemin pour emmener Mme Donnelly qui l'attendait dans le vestibule de la Banque nationale.

« Grands dieux ! je me demande comment vous avez pu arrêter cet individu aussi vite, dit la dame en apprenant ce qui s'était passé. J'avais perdu tout espoir de jamais retrouver ma valise. Comme je vous remercie ! »

Au commissariat, elle reconnut immédiatement son bagage et en inventoria le contenu, encore intact. Puis on la mit en présence du malfaiteur. En le voyant, elle eut un haut-le-corps.

« Tom Muller ! s'écria-t-elle. Ah ! je savais pourtant que vous ne valiez pas grand-chose, mais je n'aurais pas cru que vous finiriez par devenir un voleur.

— Comment, vous connaissez cet homme ? questionna Alice, stupéfaite.

— Si je le connais ? Je pense bien. Il a déjà causé assez de mal à ma famille. Et depuis quelque temps, c'est à moi qu'il en voulait tout particulièrement, à cause d'une exploitation forestière d'assez grande valeur que je possède au Canada, non loin du lac Wellington.

— Soyez tranquille, madame, nous veillerons à ce que cet individu ne puisse vous nuire d'ici longtemps, promit le brigadier de police. Un petit séjour en prison lui fera certainement le plus grand bien. »

On emmena Tom Muller, grommelant entre ses dents.

« J'aimerais pouvoir vous récompenser de ce que vous avez fait pour moi », dit Mme Donnelly à Alice lorsqu'elles quittèrent le commissariat quelques instants plus tard.

« Oh ! madame, je ne puis rien accepter, protesta la jeune fille. C'est un grand soulagement pour moi que d'être parvenue à retrouver votre valise, car je me sentais responsable de sa perte. Voulez-vous me dire où je dois vous conduire à présent ? Avec ma voiture, ce sera facile. »

Mme Donnelly hésita à répondre.

« Je comptais descendre chez des amis que j'avais prévenus de mon arrivée. Mais je ne sais s'ils m'attendent : personne n'est venu à ma rencontre.

— En tout cas, je ne demande pas mieux que de vous emmener où vous voudrez.

— Tout compte fait, je crois que je vais quand même aller chez les Taylor. Marc et sa femme sont de très vieux amis.

— C'est amusant, j'ai rencontré M. Taylor aujourd'hui pour la première fois, sourit Alice. Il semble en effet avoir une très haute opinion de vous. »

Mme Donnelly parut à la fois surprise et ravie.

« Ainsi, il vous a parlé de moi ! s'exclama-t-elle. Vous a-t-il dit qu'il comptait sur ma visite ?

— J'ai cru comprendre que vous deviez vous rendre d'abord chez votre sœur et que vous viendriez ensuite à River City.

— C'est en effet ce que je lui avais annoncé dans ma première lettre. Mais ma sœur m'ayant avertie qu'elle serait absente pendant quelques jours, j'ai écrit à nouveau pour expliquer que je passerais ici en premier lieu. Et je priais Marc d'envoyer son fils me chercher à la gare. Pourvu que cette seconde lettre soit bien parvenue....

— Ne vous inquiétez pas. Je sais où ils habitent, je vais vous y conduire tout de suite. »

Quelques minutes plus tard, Alice rangeait sa voiture devant une vaste demeure assez délabrée. Elle transporta la valise de la voyageuse sous la véranda, à l'entrée de la maison. Mme Donnelly sonna.

« J'espère qu'il y a quelqu'un », murmura-t-elle avec inquiétude.

Au même instant, la porte s'ouvrit et M. Taylor parut sur le seuil. L'expression de surprise qui passa sur son visage ne laissait pas le moindre doute : il ne s'attendait aucunement à la visite de Mme Donnelly. Cependant son accueil n'en fut pas moins chaleureux.

« Je suis désolée... vous ne m'attendiez pas, n'est-ce pas ? bredouilla Mme Donnelly. N'avez-vous pas reçu ma dernière lettre, postée à Chicago ?

— Ma foi, non. Elle a dû prendre une fausse direction, répondit M. Taylor. Mais cela n'a aucune importance : vous savez bien que votre chambre ici est toujours prête. Et puis, j'avais justement grande envie de vous voir aujourd'hui même : figurez-vous que j'ai un service à vous demander.

— De quoi s'agit-il donc?» questionna Mme Donnelly avec un sourire.

Se tournant à demi vers Alice, M. Taylor adressa à la jeune fille un clin d'œil malicieux.

«Eh bien, voici : quand vous repartirez au Canada, j'aimerais beaucoup que vous chaperonniez certaine jeune fille de ma connaissance.

— Je le ferai volontiers, mais j'espère qu'il ne s'agit pas d'une de ces pécores comme l'on en voit tant aujourd'hui.

— C'est à vous d'en juger, ma chère, car vous la connaissez déjà!»

Mme Donnelly regarda Alice, bouche bée.

«S'agirait-il de vous?

— Ma foi oui, répondit Alice en riant. Avouez que notre rencontre a vraiment été une coïncidence extraordinaire.»

Alice expliqua en quoi consistait le premier prix qu'elle avait remporté à un concours organisé à la radio. Spontanément, elle tira de son sac le titre de propriété et le plan du terrain. Mme Donnelly chaussa ses lunettes et procéda à un examen minutieux des papiers.

«Alors, qu'en pensez-vous? demanda M. Taylor au bout d'un instant. Quand il s'agit de forêt et de terrain, je crois que personne ne pourrait vous en remontrer. Si vous estimez que cette propriété est sans valeur, cela évitera sans doute à Mlle Roy de faire un voyage inutile.

— Je crois que cette affaire vaut la peine d'être étudiée sérieusement, répondit Mme Donnelly d'un ton ferme. En fait, je ne serais pas étonnée qu'elle réservât certaines surprises à beaucoup de gens...

— Que voulez-vous dire? questionna M. Taylor.

— Tout simplement que le terrain est situé dans une zone où l'on vient de trouver de l'or! Très peu de personnes sont au courant, car le secret a été bien gardé. Je ne devrais même pas vous en parler et je ne l'aurais pas fait si Mlle Roy ne m'avait rendu aujourd'hui un si grand service... »

M. Taylor ne put retenir un sifflement d'admiration.

« Eh bien, ma chère Alice, dit-il, il me semble que vous avez vraiment tiré un excellent numéro en remportant ce prix. Si le terrain contient de l'or, votre fortune est faite! »

La jeune fille semblait perdue dans un rêve, le regard lointain.

« De l'or, murmura-t-elle. Cette fois, le sort en est jeté : j'irai au Canada, et le plus tôt sera le mieux! »

Chapitre 3

Le voyage

Le lendemain matin, Alice eut l'agréable surprise de trouver au courrier une lettre de Mme Taylor. Celle-ci invitait James Roy et sa fille à dîner chez elle le soir même.

«Comme c'est gentil de sa part! s'exclama-t-elle, ravie. Papa, j'espère que tu es libre ce soir?

— Je m'arrangerai pour ne pas m'attarder à l'étude, promit l'avocat. J'aurai ainsi l'occasion de bavarder avec Mme Donnelly et de voir si ce sera pour toi un bon chaperon.

— En ce qui me concerne, je n'ai pas le moindre doute à ce sujet! Et si ce qu'elle m'a dit à propos de l'or est exact...

— A ta place, je n'attacherais pas trop de crédit à cette hypothèse. Tu penses bien, mon petit, que les organisateurs du concours n'auraient jamais disposé ainsi d'un terrain possédant une telle valeur.

— Evidemment... à condition toutefois qu'ils eussent été informés de sa qualité réelle. Enfin, si Bess et Marion ont la permission de m'accompagner, cela sera de toute façon un voyage merveilleux!»

Prévenues de l'expédition projetée, les deux jeunes filles avaient accueilli l'idée avec enthousiasme, et Alice les trouva en train de discuter de l'affaire avec animation.

«En route pour le Canada! s'écria gaiement Marion quand Alice fit son entrée.

— Alors, tout est décidé? demanda Alice.

— A peu près. Maman m'a pratiquement donné sa permission.

— Et toi, Bess?

— Ce n'est pas sûr encore, mes parents hésitent. Ce voyage leur paraît beaucoup trop long pour trois jeunes filles seules.

— Allons, courage, sourit Alice. Je vais demander à papa de leur en parler. Cela les décidera sûrement.»

Ce même soir, à sept heures précises, James Roy et sa fille se présentèrent chez les Taylor. Ils y furent accueillis à bras ouverts, et Alice constata avec un vif plaisir que Mme Donnelly et son père sympathisaient sur-le-champ. Pendant le dîner, la conversation s'engagea tout naturellement sur la propriété attribuée à Alice.

«Je ne demanderais pas mieux que d'être moi-même en possession de ce terrain! dit Mme Donnelly. S'il est vraiment aurifère....»

Mme Donnelly ne put achever sa phrase, car la domestique entra, annonçant que l'on demandait Alice au téléphone. La jeune fille s'excusa et s'en alla répondre à l'appareil.

Lorsqu'elle rentra, après une absence de plusieurs minutes, tout le monde remarqua l'étrange expression de son visage.

« Papa, as-tu déjà entendu parler d'un certain Raymond Nivès ? » questionna-t-elle, en reprenant sa place à table.

L'avocat fit un signe de dénégation.

« C'est bizarre, poursuivit-elle. Il m'a appelée à deux reprises à la maison. Sarah lui a dit que j'étais ici. Il vient de m'offrir de racheter mon terrain !

— Combien vous en donnait-il ? demanda Mme Donnelly.

— Cent dollars.

— Cet homme est un escroc », s'écria la dame, devançant James Roy qui ouvrait la bouche pour formuler la même opinion. « Ou bien votre propriété ne vaut rien, ou bien elle vaut quelque chose, mais, dans ce cas, il ne peut s'agir que d'une valeur considérable...

— Je le pense aussi, dit Alice d'une voix tranquille. Aussi ai-je répondu que le terrain n'était pas à vendre.

— Et comment a réagi ton acquéreur ? questionna l'avocat.

— Il ne s'est pas tenu pour battu : il a beaucoup insisté, et figure-toi qu'il a même eu l'audace de demander à voir mon titre de propriété !

— A ta place, Alice, je refuserais tout net d'accorder la moindre entrevue à cet individu.

— Sois tranquille, je lui ai bien donné à comprendre que je ne montrerais ces papiers à personne. Aussi n'entendrai-je sans doute plus jamais parler de lui. »

L'espoir qu'Alice exprimait ainsi ne devait pas tarder à être déçu. Le lendemain après-midi, tandis que la jeune fille se rendait à la bibliothèque municipale, en compagnie de Bess, un jeune homme d'allure séduisante, grand, blond, aux cheveux frisés, les aborda au coin d'une rue.

« Mademoiselle Roy, sans doute ? commença-t-il, avec un sourire engageant en s'adressant à Alice.

— C'est bien moi, en effet.

— Je me présente : Raymond Nivès », annonça le jeune homme.

Aussitôt, Alice fut sur ses gardes.

« Excusez-moi, monsieur, fit-elle sèchement. Ainsi que je vous l'ai déjà dit, mon terrain n'est pas à vendre.

— Oh ! je comprends très bien, mademoiselle. Mais il se trouve que votre propriété est voisine de celle d'un de mes amis, aussi me serait-il fort utile de consulter votre titre de propriété afin d'éclaircir certaine question d'ordre juridique...

— Je regrette de ne pouvoir vous satisfaire », répliqua la jeune fille que l'impatience commençait à gagner. « Et maintenant, monsieur, je vous prie de me laisser passer... »

Mais, au lieu de s'effacer devant Alice, l'indiscret lui emboîta le pas. Et il reprit :

« Je ne demanderais pas mieux que de récompenser votre obligeance...

— Monsieur, je considère cette affaire comme définitivement réglée, coupa Alice. Si vous continuez à m'importuner, j'appelle un agent !

— Inutile, puisque c'est ainsi que vous prenez les choses.» Et, tournant les talons, l'homme lança avec rage : «Seulement, je vous avertis que vous regretterez de ne m'avoir pas écouté!»

Assez troublée par cet incident, Alice le raconta à son père le soir même.

«Nous pourrions bien sûr aviser la police, dit James Roy, perplexe, mais ce serait donner à entendre que ton terrain a une réelle valeur. Aussi, je crois qu'il vaut mieux ne pas bouger pour l'instant. De toute façon, tu seras bientôt débarrassée de ce quémandeur, puisque, d'ici quelques jours, tu pars pour le Canada.»

Mais deux jours avant la date fixée pour le départ, Raymond Nivès téléphona de nouveau à Alice.

«Avez-vous changé d'avis? demanda-t-il avec insolence.

— Non, monsieur», riposta Alice. Elle raccrocha le récepteur sans laisser à l'importun le temps d'en dire davantage.

Le titre de propriété qui semblait intéresser si vivement M. Nivès était rangé dans le secrétaire de James Roy. Alice avait jugé inutile d'aller le déposer pour si peu de temps dans le coffre que son père possédait à la banque, puisqu'elle avait l'intention d'emporter ce précieux document au Canada.

Occupée à préparer son voyage, elle eut vite fait d'oublier Raymond Nivès.

«Cette fois, tout est prêt pour ce soir», annonça-t-elle à la vieille servante, en achevant de boucler la dernière valise. «Notre train est à sept heures. A présent, il faut que j'aille prendre de l'argent à la banque. Si quelqu'un vient me voir pendant ce temps-là, dis que je serai de retour d'ici une demi-heure.»

L'absence de la jeune fille s'étant prolongée plus qu'elle ne le prévoyait, quatre heures sonnaient lorsqu'elle rentra chez elle. Passant par la porte de service qui donnait sur la cuisine, elle trouva la pièce déserte.

«Sarah! appela-t-elle.

— J'arrive», répondit la voix de la servante, qui semblait venir du bureau de James Roy. Et au bout d'un instant, Sarah fit irruption dans la cuisine, l'air affolé.

«Oh! comme je suis contente que tu sois là! s'écria-t-elle. Je ne savais que faire quand on est venu me réclamer ce papier que tu avais promis de donner...

— Quel papier? demanda Alice vivement.

— Celui que tu avais rangé dans le tiroir du secrétaire. Le monsieur s'est présenté très poliment. Il m'a dit que tu le connaissais bien.

— Mon Dieu! j'espère que tu ne lui as pas remis le papier!

— Ma foi si, mais l'homme est encore là. Je lui ai dit de t'attendre... J'espère que j'ai bien fait!»

Alice se précipita dans le bureau. Ainsi qu'elle le redoutait, la pièce était vide : l'imposteur avait réussi à tromper la pauvre Sarah. Epouvantée par la perte du précieux document, Alice courut à la porte d'entrée. Raymond Nivès descendait les marches du perron.

D'un bond, la jeune fille le rattrapa et, le saisissant par le bras :

«Rendez-moi mon papier», s'écria-t-elle.

Surpris, l'homme essaya de dissimuler dans sa

poche l'acte qu'il tenait encore à la main, mais Alice le lui arracha prestement.

« Vous êtes un filou, lança-t-elle, indignée. Allez-vous-en et dépêchez-vous si vous ne voulez pas que je vous fasse arrêter par la police ! »

M. Nivès marmonna entre ses dents quelque chose que la jeune fille ne put comprendre. Elle rentra dans la maison et claqua la porte.

« Je croyais que c'était l'un de tes amis, expliqua Sarah, consternée. Mon Dieu, si ton papier avait été volé, je ne m'en serais jamais consolée.

— Ne te tourmente pas, répondit Alice avec douceur. J'ai récupéré mon acte, c'est l'essentiel. »

Il restait à peine quelques heures avant le départ du train, et elles passèrent en un éclair. Quand vint le moment de se dire adieu, Sarah décida d'accompagner les jeunes filles à la gare.

« Je ne serai pas tranquille une minute tant que je ne t'aurai pas vue revenir ici saine et sauve », déclara-t-elle à Alice.

Cependant, celle-ci surveillait le quai avec impatience. Il semblait que tous les habitants de River City s'y fussent donné rendez-vous, à l'exception d'une seule personne : James Roy. Et la jeune fille se demandait ce qui avait pu le retenir. Il lui avait téléphoné dans l'après-midi en disant qu'il se rendrait directement à la gare pour assister au départ.

« Que se passe-t-il donc ? songeait Alice, de plus en plus inquiète. Je ne puis tout de même pas m'en aller sans l'avoir embrassé. »

A cet instant, Bess vit James Roy sauter d'un taxi à l'extrémité du quai. Alice, qui l'avait aperçu aussi, se précipita vers lui.

« Que t'est-il arrivé ? s'écria-t-elle d'une voix tremblante. J'avais peur que tu ne puisses venir à temps.

— J'ai bien failli te manquer, en effet, répondit l'avocat. Mon petit, il s'est passé beaucoup de choses aujourd'hui et j'en suis à me demander si j'ai raison de te laisser faire ce voyage....

— Oh ! papa..., balbutia Alice, affolée.

— Rassure-toi, je ne reviendrai pas sur ma décision à présent, mais je te recommande instamment d'être prudente. Cette affaire de terrain me paraît assez inquiétante.

— Que veux-tu dire ?

— Il y a là-dessous quelque chose de louche », reprit l'avocat. Et comme le train entrait en gare, il ajouta brièvement : « Je viens d'apprendre que Tom Muller a été mis en liberté sous caution.

— Je ne comprends pas ce que cela a à voir avec mon terrain, objecta Alice.

— Rien du tout, peut-être. Cependant, la caution a été versée par M. Nivès.

— Ce qui donnerait à penser qu'ils sont bons amis et sans doute filous de même espèce...

— Parfaitement. Remarque que cette association peut n'avoir aucune signification particulière, mais il importe que tu te tiennes constamment sur tes gardes pendant ton séjour au lac Wellington.

— Je te le promets », ajouta Alice avec gravité.

Le train s'immobilisait le long du quai. James Roy se pencha vers sa fille et l'embrassa. Elle monta dans le wagon où l'attendaient Mme Donnelly et ses deux amies. Puis ce fut le départ pour le long voyage jusqu'au lac Wellington.

Peu de temps après le départ, Mme Donnelly fit préparer sa couchette par le garçon de service. Mais les jeunes filles, qui n'avaient nulle envie de dormir, allèrent s'asseoir dans le wagon-salon dont les larges baies vitrées permettaient aux voyageurs d'admirer le paysage à leur aise. Installées dans des fauteuils confortables, elles se plongèrent dans la lecture des différentes revues qui étaient à leur disposition.

Alice ne tarda pas à se passionner pour une histoire intitulée *L'heure fatale*, ce qui pourtant ne l'empêcha pas de relever machinalement la tête lorsqu'une dame vint s'asseoir auprès d'elle. C'était une personne d'allure distinguée, qui pouvait avoir environ trente-cinq ans.

« Je vois que vous lisez l'une de mes œuvres », dit-elle au bout d'un instant.

Alice regarda la voyageuse avec curiosité.

« Ainsi, vous seriez donc...

— Contrairement à mon habitude, j'ai publié cet ouvrage sous un pseudonyme, poursuivit la dame. Mon vrai nom est Annie Chapelle.

— L'auteur du *Gant de velours ?* fit Alice stupéfaite.

— Mais oui, répondit l'autre en souriant.

— Quelle coïncidence extraordinaire ! J'ai justement suivi tous les épisodes de ce récit à la radio, et sans vous, je ne serais pas dans ce train : c'est moi qui ai gagné le concours et je suis à présent en route pour le lac Wellington, au Canada. »

Ce fut au tour de Mlle Chapelle de se montrer surprise.

« Vous êtes donc Alice Roy! s'exclama-t-elle. Je savais que c'était vous la gagnante, mais ne pensais certes pas avoir jamais l'occasion de vous rencontrer.

— Avez-vous l'intention d'écrire bientôt une autre histoire pour un concours du même genre ? questionna la jeune fille.

— Non. Je travaille pour l'instant à un roman, et j'ai en outre plusieurs contrats de cinéma qui m'occupent énormément.

— Vous écrivez aussi des scénarios ?

— Oui et c'est ce que je préfère.

— Alors, vous devez connaître beaucoup d'acteurs et d'actrices célèbres ?

— En effet, reconnut Mlle Chapelle. Je dois pourtant vous avouer que je ne sors guère. »

La dame se tut et, voyant son air mélancolique, Alice hésita à rompre le silence. Malgré sa réussite, on sentait qu'elle n'était pas heureuse.

« J'espère qu'il vous sera possible de lire mon prochain roman, reprit Mlle Chapelle quelques instants plus tard. A moins que je ne décide de ne pas le publier... car il suit de fort près l'histoire infortunée de ma propre existence. »

A ce moment, la locomotive siffla brusquement et presque au même instant retentit un fracas assourdissant. Il y eut un choc terrible qui précipita Alice à bas de son fauteuil, tandis qu'une avalanche de planches brisées, d'objets renversés et de débris s'abattait sur elle.

Elle resta quelques minutes à demi assommée, incapable de faire un geste. Puis elle parvint à se redresser. Alors seulement, elle ressentit une violente douleur au bras. Elle le souleva, le fit mouvoir avec précaution, et vit avec soulagement que rien n'était cassé. En revanche, elle découvrit qu'un filet de sang coulait de son front.

Autour d'elle, des gens gémissaient et appelaient à l'aide.

Elle se releva et, chancelante, chercha des yeux ses amies Bess et Marion. Cette dernière était à demi ensevelie sous un amoncellement de sièges renversés.

« Attends, je vais te dégager », s'écria Alice.

Au bout d'un moment, elle parvint à délivrer la jeune fille et l'aida à se remettre sur ses pieds, encore tout étourdie.

« Qu'est-il arrivé ? murmura Marion avec égarement.

— Il y a eu un accident. Es-tu blessée ?

— Je ne crois pas, mais j'ai été un peu secouée... Et Bess, où est-elle ?

— Je ne sais pas encore, dit Alice.

— Elle était assise à côté de moi. »

Inquiètes, Alice et Marion commencèrent à explorer méthodiquement l'amas de débris de toute sorte qui les entourait. Soudain, un gémissement étouffé attira leur attention, et elles découvrirent leur compagne étendue au fond du wagon, le visage si pâle qu'elles en furent effrayées. La croyant grièvement blessée, Alice se laissa tomber à genoux devant elle.

« Bess ! s'écria-t-elle, éperdue.

— Où suis-je ? » balbutia faiblement la jeune fille.

Alice et Marion la soulevèrent doucement et parvinrent à la faire descendre du wagon. Puis, elles lui frictionnèrent les mains et l'obligèrent à s'allonger sur un manteau étalé par terre.

« Ce n'est rien, dit Bess au bout d'un moment. J'ai été assommée par un grand coup que j'ai reçu sur la tête, mais cela va déjà mieux. Vous pouvez me laisser maintenant. Allez secourir les autres.

— Tu as raison : il faut que nous sachions ce que sont devenues Mme Donnelly et Mlle Chapelle », décida Alice.

Cependant, les jeunes filles eurent beau chercher les deux voyageuses, elles ne purent les découvrir dans le petit nombre de personnes indemnes. Remontant dans le wagon-salon, elles parvinrent en revanche à dégager un garçonnet coincé sous une poutrelle de métal et en délivrèrent encore un autre qui, malheureusement, avait une jambe brisée.

Presque toutes les voitures avaient déraillé, et Alice constata que, sous la violence du choc, celle où était installée Mme Donnelly s'était renversée sur le ballast. L'une des extrémités du wagon éventré commençait à brûler, et les flammes, attisées par un fort vent du sud, progressaient rapidement.

« Continue de rechercher Mlle Chapelle, dit alors Alice à Marion. Moi, je vais m'occuper de Mme Donnelly. Il faut que je sache si elle ne serait pas restée dans cette voiture ! »

Le wagon dans lequel la voyageuse se trouvait au moment de l'accident n'était plus à présent qu'une masse de ferraille enchevêtrée et tordue. Et les flammes gagnaient irrésistiblement.

« Oh ! monsieur, voudriez-vous m'aider ? s'écria la jeune fille, hélant un homme qui était à quelque distance. Je crois qu'il y a une personne là-dessous!»

Le voyageur secoua la tête et dit tristement :

«Excusez-moi, mademoiselle, il faut patienter un peu : les secours ne vont pas tarder à arriver.»

«Hélas! Peut-être sera-t-il trop tard», songea Alice avec désespoir.

Au même instant, une clameur s'éleva pour accueillir les sauveteurs arrivant enfin sur les lieux.

«Dieu soit loué, les voilà!» cria Alice à Marion qui la rejoignait.

C'est alors qu'une flammèche, apportée par le vent, vint tomber aux pieds de la jeune fille. Vivement, elle la piétina, mais d'autres suivirent. Ce n'était plus qu'une question de secondes et le wagon s'embraserait tout entier!

Chapitre 4

Un drame

Impuissantes, Alice et Marion regardèrent les sauveteurs se mettre à l'œuvre. Les deux jeunes filles avaient fait tout ce qui était en leur pouvoir pour secourir les blessés. Il leur fallait à présent attendre en s'efforçant de ne pas désespérer encore.

Une équipe de secours avait bravement engagé la lutte contre les flammes qui menaçaient de dévorer les wagons. Et c'est ainsi que l'on avait pu dégager à temps plusieurs voyageurs coincés sous l'amas des décombres. Mme Donnelly, cependant, n'était pas du nombre.

« Etes-vous bien sûre que cette personne se trouvait dans cette voiture-là ? demanda l'un des sauveteurs à Alice.

— Parfaitement : elle avait loué la couchette numéro quatorze, et je sais qu'elle venait de se coucher quand la catastrophe est survenue.

— Voilà qui est assez inquiétant, en effet, mais il ne faut pas désespérer encore, observa l'homme, cherchant à la rassurer.

— Peut-être Mme Donnelly a-t-elle réussi à se dégager avant que nous n'arrivions», suggéra Marion.

Alice hocha la tête, résolue à ne pas perdre courage. Malgré les pressentiments qui l'assaillaient, elle se refusait à croire que Mme Donnelly avait péri dans la catastrophe.

La nuit était tombée et l'obscurité eût été complète sans les projecteurs et les phares apportés par les sauveteurs. Aussitôt après l'accident, un grand nombre de blessés avaient pu être transportés à l'hôpital tandis que les plus légèrement atteints trouvaient refuge dans des maisons voisines. Il était possible après tout que Mme Donnelly comptât parmi eux. Cette pensée redonna confiance à Alice et à Marion.

« Allons rejoindre Bess, proposa Alice. Nous ne pouvons rien faire de plus ici. »

Les jeunes filles trouvèrent leur compagne presque complètement remise du choc qu'elle avait subi. Elle les attendait avec calme, emmitouflée dans une bonne couverture qui la protégeait de la fraîcheur.

« Comment va Mme Donnelly ? » demanda-t-elle aussitôt.

La vérité, hélas ! n'était pas facile à dire.

« Nous n'avons pas pu la trouver, répondit Alice. Mais je garde bon espoir. »

Bess resta un instant silencieuse, puis elle reprit, la voix altérée :

« Cette catastrophe est épouvantable. En vous attendant, tout à l'heure, j'ai vu passer tant de blessés sur des civières... Nous avons eu bien de la chance. Pourvu qu'il en soit de même de Mme Donnelly ainsi que de cette dame à qui tu parlais, Alice...

— Mlle Chapelle?

— Oui. Sais-tu ce qu'elle est devenue?

— Nous ne l'avons pas retrouvée, elle non plus, répondit la jeune fille, pensive. Mais je ne pense pas qu'il faille s'inquiéter : personne n'a été blessé dans le wagon-salon. La disparition de Mlle Chapelle est un mystère.

— Et ce n'est pas le seul, ajouta Bess, l'air troublé. Par exemple, quelle est la raison de ce déraillement?

— J'ai entendu les sauveteurs parler d'une erreur d'aiguillage, déclara Marion.

— J'imagine en effet qu'il s'agit bien d'un accident, reprit Bess, mais j'avoue que je n'en suis plus très sûre depuis que j'ai reconnu Raymond Nivès parmi les curieux qui se pressaient autour des wagons!»

Alice et Marion échangèrent un rapide coup d'œil, ne sachant si elles devaient croire leur compagne. Celle-ci n'aurait-elle pas été le jouet d'une illusion?

Mais Bess les devança.

«Oh! je sais ce que vous pensez, s'écria-t-elle. Vous vous demandez comment j'ai pu reconnaître quelqu'un, dans l'état où j'étais. Mais je vous assure que je ne me suis pas trompée : j'ai vu Raymond Nivès. Il était en compagnie d'un autre homme.

— Pourrais-tu me décrire celui-là? demanda Alice.

— Pas très bien. Je lui aurais donné une quarantaine d'années. Assez élégant, mais l'air plus vulgaire. »

Alice songeait aux nouvelles apportées par son père avant le départ de River City : Raymond Nivès avait versé une caution pour obtenir la mise en liberté de Tom Muller. Et il se trouvait que la description faite par Bess convenait justement à ce dernier. Les deux hommes n'auraient-ils pas pris le train afin de suivre Alice jusqu'au lac Wellington? Cela ne semblait pas impossible.

« Il faut que je me tienne sur mes gardes, conclut la jeune fille, mais je ne parlerai de rien à Bess et à Marion. Inutile de les effrayer. D'ailleurs, s'il est arrivé quelque chose à Mme Donnelly, notre voyage est terminé : nous n'irons pas seules au Canada, c'est bien certain. »

Les trois amies attendirent encore près d'une heure, sans parvenir à savoir ce qu'étaient devenues Mme Donnelly et Mlle Chapelle.

« Pourtant, j'ai la conviction qu'elles sont indemnes l'une et l'autre, dit Marion.

— Nous saurons ce qu'il en est demain matin, fit Alice, résignée. Et comme nous ne gagnerons rien à rester ici plus longtemps, je vous propose d'aller passer le reste de la nuit à l'hôtel retenu pour nous par les secouristes. »

Bess et Marion acceptèrent avec empressement. Quelques minutes plus tard, elles obtenaient de prendre place dans une ambulance qui transportait des blessés à l'hôpital de la ville voisine.

De l'hôtel Hamilton où elles descendirent, elles télégraphièrent à leur famille afin de les rassurer sur leur sort.

«J'ai l'impression que je ne parviendrai pas à fermer l'œil», annonça Bess, en se glissant dans son lit. «J'ai les nerfs en boule.

— Moi aussi, avoua Alice. Mais il faut considérer la chance que nous avons eue en nous tirant de cette catastrophe sans le moindre mal.

— Et songez donc que nous n'avons même pas perdu nos bagages, ajouta Marion. A propos, Alice, n'as-tu pas égaré tes papiers?

— Rassure-toi : je les avais mis dans mon sac à main que je n'ai pas lâché un seul instant.»

Et la jeune fille désigna la pochette de cuir qu'elle avait déposée sur la coiffeuse en entrant. Bess s'endormit la première.

Marion aussi était si lasse qu'elle sombra dans un lourd sommeil dès l'instant qu'elle eut posé la tête sur l'oreiller. Cependant Alice resta éveillée un long moment, incapable de calmer l'agitation qui s'était emparée d'elle. Enfin, elle put s'assoupir à son tour.

Il faisait encore nuit lorsqu'elle ouvrit les yeux, avec l'étrange impression qu'on venait de l'appeler par son nom.

Elle alluma la lampe de chevet, regarda autour d'elle. A son côté, Marion dormait paisiblement. Alice se tourna vers le lit qu'occupait Bess. Il était vide.

Epouvantée, la jeune fille se leva d'un bond et courut à la porte de la chambre. Celle-ci était fermée à double tour et la clef se trouvait sur la serrure, telle qu'elle-même l'avait laissée après avoir pénétré la dernière dans la pièce. Faisant volte-face, Alice avisa soudain la fenêtre grande ouverte. Elle se précipita, se pencha au-dehors et un cri d'horreur s'étrangla dans sa gorge.

Victime sans doute d'une crise de somnambulisme, Bess était sortie en empruntant l'escalier métallique qui, à l'extérieur des maisons américaines, permet aux occupants de s'échapper en cas d'incendie. Elle s'était arrêtée à l'étage audessous, et avait pris pied sur la corniche prolongeant le rebord de la fenêtre. Elle semblait sur le point de perdre à tout instant l'équilibre pour aller s'abattre dans le jardin de l'hôtel, quinze mètres plus bas.

Cependant, le cri rauque poussé par Alice avait éveillé Marion.

« Qu'est-ce que c'est ? murmura-t-elle d'une voix endormie.

— Chut pas de bruit, jeta Alice dans un souffle. Viens voir. »

Marion se glissa jusqu'à la fenêtre. En découvrant la scène que lui montrait sa compagne, elle faillit pousser un cri.

« Si nous la réveillons, elle va tomber, murmura Alice, frissonnante. Il faut que j'essaie de la rejoindre.

— Non, jamais nous ne réussirons à tirer Bess de cette situation à nous deux, dit Marion. Je cours chercher du renfort. »

Elle passa son peignoir et s'empressa de descendre au rez-de-chaussée de l'hôtel.

Alice resta seule. De la fenêtre, elle observait Bess avec épouvante. La somnambule ne courait à ce moment aucun danger, mais si elle entreprenait de se pencher ou de faire un pas en avant, rien ni personne ne pourrait lui éviter une chute vertigineuse.

Incapable d'attendre plus longtemps le retour de Marion, Alice sortit dans le couloir et gagna le palier de l'étage. Là, elle avisa soudain une grosse corde laissée sans doute par quelque ouvrier en fin de journée. Alice s'en empara et s'élança vers une fenêtre d'escalier qui donnait juste au-dessus de l'endroit où se trouvait Bess.

Quelques instants plus tard, Marion revenait en trombe, suivie de deux employés de l'hôtel. Elle se précipita dans la chambre.

« Tenez, regardez ! » s'écria-t-elle en désignant la silhouette de Bess, toute blanche dans la nuit.

Ces mots s'achevèrent dans un cri perçant. Surprise par la voix rauque de Marion, la somnambule avait sursauté. Son pied glissa, et les témoins horrifiés la virent prête à basculer dans le vide, la tête la première.

Chapitre 5
Un secret

Au même instant, une corde siffla dans l'air et s'abattit sur les épaules de la malheureuse. Arc-boutée dans l'embrasure d'une fenêtre à l'étage supérieur, Alice tira de toutes ses forces, et une boucle solide enserra le corps de Bess. L'on vit alors celle-ci, brusquement ramenée en arrière, reprendre son équilibre sur l'étroite corniche où elle s'était réfugiée.

Cependant, l'amorce de la chute avait réveillé la jeune fille. Prenant soudain conscience de la situation dans laquelle elle se trouvait, elle poussa un hurlement de terreur et se plaqua étroitement contre le mur.

« Ne bouge pas, lui cria Alice, nous allons te tirer de là dans un instant. »

Marion et les deux garçons de l'hôtel descendaient déjà l'escalier extérieur. Aidés par Alice qui, manœuvrant la corde, soutenait Bess, ils parvinrent jusqu'à celle-ci et lui firent regagner sa chambre. Là, elle s'écroula sur son lit, en larmes.

« Oh ! je n'ai jamais eu aussi peur de ma vie, balbutia-t-elle. Et si tu ne m'avais pas lancé cette corde, Alice, je me serais tuée.

— Heureusement, je me suis souvenue d'un petit tour d'adresse que j'avais appris l'année dernière, au ranch de mon oncle Jérôme. Et ce qui est encore mieux, je n'ai pas raté mon coup ! »

Dès que les deux hommes se furent retirés, Alice et Marion interrogèrent anxieusement leur compagne sur ce qui s'était passé.

« Je ne comprends pas mieux que vous ce qui m'est arrivé, répondit Bess. Peut-être est-ce la conséquence du choc causé par notre accident de chemin de fer. Et puis, j'ai fait un cauchemar épouvantable...

— De quoi s'agissait-il donc ? demanda Marion, curieuse.

— Je ne sais plus comment cela a commencé, mais je me rappelle qu'à un moment donné, j'étais poursuivie par un monstre horrible. Ensuite, la scène a changé brusquement, et je rêvais que quelqu'un s'emparait des papiers d'Alice.

— Il n'y a là rien de surprenant, fit Alice en souriant. Nous en avions justement parlé avant de nous coucher.

— Tu as sans doute raison. Mais quoi qu'il en soit, j'ai décidé de me lever pour les mettre en lieu sûr. Je me souviens parfaitement de m'être dirigée vers la commode. Et c'est tout de suite après, me semble-t-il, que je me suis éveillée en sursaut. Seulement, au lieu de me retrou-

ver dans la chambre, j'étais dehors, penchée sur cette corniche surplombant les jardins... »

A la pensée du sort auquel elle avait échappé, Bess ne put réprimer un frisson.

Instinctivement, Alice jeta un coup d'œil vers le sac à main qui contenait ses titres de propriété sur le terrain du lac de Wellington. La pochette de cuir n'était plus là.

« Dis-moi, Bess, n'aurais-tu pas déplacé mon sac tout en rêvant ? » demanda-t-elle, promenant autour de la chambre un regard inquiet. Comme elle achevait ces mots, elle aperçut sa pochette sur le tapis. Elle se précipita pour la ramasser. Le rabat était ouvert et les papiers avaient disparu !

« Mon Dieu, qu'ai-je fait ! s'exclama Bess, consternée. Serait-il possible que j'aie véritablement fouillé dans ton sac pour y prendre ces documents et les cacher quelque part ?

— J'en ai bien peur », convint Alice.

Soudain, une idée traversa l'esprit de Marion :

« Je crois me rappeler que Bess tenait à la main quelque chose lorsque nous l'avons découverte sur la corniche, dit-elle. Ce devait être ton acte, Alice, et elle l'aura peut-être laissé tomber dans le jardin !

— C'est ma foi vrai, s'écria Alice, reprenant espoir. Et je suis sûre d'avoir vu voltiger un papier au moment où j'ai lancé la corde.

— Attends, je vais regarder en bas, sous les fenêtres », dit Marion, en se précipitant hors de la chambre.

Mais elle revint bientôt et annonça que le papier était introuvable.

« Tout cela est ma faute, murmura Bess, désolée. Ah ! Alice, si j'avais assez d'argent, je te paierais la valeur de cette terre... »

Alice prit la main de son amie et dit avec douceur :

« Ne te désole pas ainsi, ma petite Bess. Après tout ce qui vient de se passer, cette affaire de forêt canadienne me semble bien moins importante...

— Mais pense donc que c'est moi qui ai délibérément jeté tes papiers dans le jardin ! Comment, même dans mon sommeil, ai-je pu faire une chose pareille ? Je ne parviens pas à le comprendre.

— Qui sait, peut-être reste-t-il une chance de retrouver cet acte, dit Alice, pensive. Demain, je ferai passer une annonce dans le journal local. La personne qui a ramassé les papiers me les rapportera peut-être pour toucher une récompense. »

Bess était encore si bouleversée par les événements de la soirée et de la nuit qu'il lui fut impossible de retrouver le sommeil. Comme ses compagnes ne parvenaient pas davantage à se rendormir, elles décidèrent vers cinq heures du matin d'appeler le garçon d'étage et de se faire servir une tasse de café. Puis, elles prirent leur bain et s'habillèrent afin d'être prêtes à descendre dès l'ouverture de la salle à manger. Mais Alice eut beau dépenser tous ses efforts pour animer la conversation, le petit déjeuner se déroula dans une atmosphère de découragement et de tristesse.

Un peu plus tard, Alice téléphona à l'agence de presse et dicta le texte d'une annonce destinée au journal local. A peine la communication était-elle terminée que le standardiste de l'hôtel rappelait la jeune fille.

«J'ai une bonne nouvelle à vous apprendre, dit-il.

— Serait-ce au sujet de nos amies Mme Donnelly et Mlle Chapelle? fit Alice vivement.

— Oui, mademoiselle. Ces deux dames ont été transportées à l'hôpital de Bonne-Espérance.

— Sont-elles gravement blessées?

— On ne m'a transmis aucun renseignement sur ce point, répondit l'homme. Mais vous pourriez peut-être prendre un taxi pour vous rendre là-bas : l'hôpital est assez loin, à une dizaine de kilomètres en dehors de la ville. Je peux vous en appeler un si vous voulez.

— Bien volontiers, merci», répondit Alice.

Quelques minutes plus tard, comme leur voiture passait devant les bureaux du journal, Alice arrêta le chauffeur.

«Je voudrais demander si l'agence a bien transmis mon annonce, expliqua-t-elle à ses compagnes. Je n'en ai que pour un instant.»

Elle s'engouffra dans l'immeuble pour en ressortir au bout d'un moment, triomphante, une lettre à la main.

«Ce n'est tout de même pas encore une réponse! s'exclama Bess, stupéfaite. Le journal n'a pas encore eu le temps de paraître!

— Il y a une heure à peine, quelqu'un s'est, paraît-il, présenté chez le directeur, expliqua Alice. Et il lui a confié cette lettre. Il l'a prié, au cas où quelqu'un signalerait la perte de papiers importants dans les parages de l'hôtel Hamilton, de bien vouloir remettre ce pli à la personne en question!

— Vite, voyons de quoi il s'agit», s'écria Marion avec impatience.

Alice déchira l'enveloppe, et en tira une courte lettre qu'elle parcourut rapidement.

«Pas un mot des papiers, déclara-t-elle, déçue. On me demande seulement de passer chez une Mme Renny, qui habite la ferme de la Maison-Rouge, à huit kilomètres de Norton.

— Où se trouve Norton? questionna Bess, s'adressant au chauffeur. Est-ce loin d'ici?»

L'homme prit un air offensé.

«Vous êtes en ce moment à Norton, mademoiselle, répondit-il. A deux pas de la frontière canadienne.

— Dès que nous le pourrons, nous nous rendrons à la Maison-Rouge, décida Alice. Si, par hasard, on avait retrouvé mes papiers, quel soulagement ce serait pour moi.

— Dans ce cas, peut-être nous resterait-il quelque chance d'aller jusqu'au lac Wellington, dit Marion, l'air rêveur. Quand je pense que, sans ce déraillement, nous serions là-bas en ce moment...»

Après un trajet d'une dizaine de minutes, sur une route poussiéreuse et inégale, le taxi s'arrêta à la grille de l'hôpital de Bonne-Espérance. Les jeunes filles se hâtèrent de traverser le petit jardin qui s'étendait devant les bâtiments et s'adressèrent au bureau des renseignements.

«L'état de Mme Donnelly est satisfaisant», répondit l'infirmière de service à la question que lui posa Alice. «Malheureusement, je ne pourrais en dire autant de Mlle Chapelle. Ses blessures sont graves et elle a subi une grosse perte de sang.»

Les jeunes filles se firent conduire aussitôt à la chambre de Mme Donnelly. Celle-ci manifesta, en les voyant, une joie extrême.

«Je n'ai pu fermer l'œil de la nuit, tant j'étais inquiète à votre sujet, déclara-t-elle.

— Et de notre côté, nous redoutions qu'il ne vous soit arrivé le pire, dit Alice en souriant.

— Cela ne m'étonne pas, car on m'a transportée ici si vite que je n'ai même pas eu le temps de comprendre ce qui se passait. Quand le déraillement s'est produit, je revenais des lavabos. Le choc m'a projetée par terre dans le couloir et j'ai dû perdre conscience. En tout cas, je n'ai souvenir de rien jusqu'au moment où je me suis retrouvée dans cette chambre.

— Comment vous sentez-vous à présent? questionna Alice.

— Beaucoup mieux. Le docteur m'a dit que je pourrais partir d'ici trois ou quatre jours.»

Les jeunes filles bavardèrent encore quelques instants avec Mme Donnelly. Puis une infirmière vint les avertir que la visite ne devait pas se prolonger davantage, afin de ne pas fatiguer la malade.

«Nous serait-il possible de voir à présent Mlle Chapelle?» demanda Alice lorsqu'elle se retrouva dans le couloir avec ses amies.

L'infirmière hésita.

«Si vous y tenez absolument, je vous le permets, mais vous ne resterez dans la chambre que cinq minutes. L'état de cette personne est très grave.»

Bouleversées, les jeunes filles pénétrèrent dans la pièce sur la pointe des pieds. Mlle Chapelle reposait sur le lit, inerte, la tête et les épaules couvertes de pansements. Mais Alice se pencha vers elle, et vit une lueur de conscience animer ses yeux dilatés par la souffrance.

« C'est la fin, murmura-t-elle, dans un souffle.

— Il ne faut pas dire cela, protesta Alice. Vous guérirez, voyons. »

La romancière secoua légèrement la tête.

« Non, je vais mourir, je le sais, reprit-elle avec effort. Et je suis contente que vous soyez venues... il faut que je vous parle. »

Sa voix devenait imperceptible. Alice vint plus près encore.

La malheureuse fit une suprême tentative pour parler, et, dans un effort désespéré, parvint à soulever la tête.

« Le message... le message, balbutia-t-elle. Dans... le vieux chêne... » Sa voix s'éteignit et, retombant sur l'oreiller, elle perdit connaissance.

Chapitre 6

La Maison-Rouge

Les jeunes filles se retrouvèrent dans le long couloir austère sur lequel donnait la chambre de Mlle Chapelle.

Le médecin et les infirmières accourus auprès de cette dernière entraient et sortaient de la pièce, affairés, le visage tendu.

« Tant qu'il y aura ces allées et venues autour d'elle, déclara Bess, avec un optimisme un peu forcé, cela prouvera que rien n'est perdu.

— Que te disait-elle donc avant de perdre connaissance ? demanda Marion à Alice.

— Elle a parlé d'un message et d'un vieux chêne... Ce que cela peut bien signifier, je l'ignore.

— Elle délirait sans doute », dit Bess.

Alice ne partageait pas l'opinion de son amie et elle s'apprêtait à répondre lorsque la porte de la chambre s'ouvrit. Une infirmière sortit sans bruit et s'avança vers les jeunes filles.

« Comment va Mlle Chapelle ? questionna Alice, le cœur battant.

— Nous avons cru que c'était la fin, mais elle a soudain repris le dessus.

— Il reste donc quelque espoir ?

— Oui elle vient de s'endormir. Cependant tout danger n'est pas écarté pour autant. Et je crois que, si vous connaissez ses proches parents, il conviendrait de leur télégraphier au plus tôt. »

Alice dut convenir qu'elle ne possédait malheureusement aucun renseignement sur la famille ni les relations de la romancière.

« Mlle Chapelle venait, je crois, d'Hollywood, dit-elle. Et comme je sais qu'elle écrit des scénarios pour des producteurs de films, on pourrait peut-être vous fournir quelque indication dans les milieux du cinéma.

— Vous avez raison, déclara l'infirmière. Nous allons mener une enquête dans ce sens. »

Comme leur présence ne pouvait être pour l'instant d'aucun secours à Mlle Chapelle, les jeunes filles regagnèrent l'hôtel Hamilton.

« Et à présent, que faisons-nous ? demanda Bess, l'air découragé. Rentrons-nous à River City ?

— Il me paraît difficile de partir en laissant ici Mme Donnelly, observa Alice.

— Pourquoi n'irions-nous pas à la Maison-Rouge cet après-midi ? proposa Marion.

— J'y pensais justement, dit Alice. Mme Donnelly et Mlle Chapelle n'ont nul besoin de nous à l'hôpital, et cette expédition nous aidera à tuer le temps. »

Elle suggéra aussi d'économiser sur les

dépenses en louant une voiture sans chauffeur au lieu de chercher un taxi pour se rendre à la Maison-Rouge.

Cette proposition fut adoptée d'emblée. Elles furent néanmoins bien près de changer leurs plans lorsqu'elles virent arriver l'antique véhicule qu'on leur destinait.

« Pourvu que cette guimbarde ne nous laisse pas en route ! » murmura Bess, consternée.

Alice prit le volant, et à la sortie de la ville, demanda sa route à un passant.

« Le chemin de la Maison-Rouge ? Rien de plus facile, répondit l'homme, empressé. Au prochain carrefour, vous tournez au sud, et, en arrivant à la ferme des Fisher, vous filez droit vers le nord. Quand vous avez traversé la rivière aux Ours, vous redescendez au sud et, après un bon bout de trajet, vous obliquez un peu à l'ouest jusqu'à ce que vous trouviez un chemin de terre. Vous le suivez sur un kilomètre et vous arrivez chez les Renny !

— Voilà qui me paraît clair comme de l'eau de roche, dit Alice, se retournant vers ses amies d'un air malicieux. J'ai l'impression que nous nous sommes embarquées dans une véritable expédition. »

Au bout de deux kilomètres à peine, l'un des pneus éclata. Il fallut réparer, mais elles perdirent une bonne heure, la boîte à outils étant dépourvue des accessoires indispensables. La voiture poursuivit alors sa route dans un nuage de poussière. Mais il fut impossible aux jeunes filles d'apprécier la distance qu'elles avaient parcourue, car le compteur ne fonctionnait pas.

« J'ai l'impression que nous avons fait au

moins une quinzaine de kilomètres, déclara finalement Marion. Nous nous sommes sûrement trompées de chemin...

— C'est bien probable», convint Alice avec un soupir. Arrêtant la voiture, elle mit pied à terre. «Je vais aller me renseigner à cette ferme que l'on aperçoit là-bas», déclara-t-elle.

Bess et Marion, qui ne se souciaient guère d'attendre seules, insistèrent pour l'accompagner. Afin de gagner du temps, elles décidèrent de couper à travers champs et, rampant sous une clôture, s'engagèrent dans une vaste prairie.

«Dites donc, vous, là-bas, vous n'avez donc pas vu l'écriteau qui défend de traverser mon pré?» cria une voix derrière elles.

C'était visiblement le propriétaire de la ferme. Il semblait furieux.

«Nous n'avons trouvé aucune pancarte, déclara Alice calmement. Comme nous passions en voiture sur la route, nous avons aperçu votre maison, et comme nous voulions vous demander le chemin de la Maison-Rouge, nous avons cru bien faire en coupant à travers champs.»

Le fermier regarda d'un air ébahi.

«La Maison-Rouge? Mais c'est ici! s'exclama-t-il.

— Seriez-vous donc M. Renny? demanda Alice, non moins stupéfaite. Et est-ce vous qui avez déposé une lettre au siège du journal de Norton?

— Parfaitement. Qui êtes-vous?»

Alice se présenta, et ses compagnes firent de même. Puis les jeunes filles exposèrent le but de leur visite.

« Les documents dont vous parlez sont chez moi, déclara ensuite le fermier, qui s'était radouci. Je finissais de livrer mon lait en ville, et en quittant l'hôtel Hamilton, j'ai aperçu ces papiers dans l'herbe. Il m'a suffi d'un coup d'œil pour comprendre qu'il s'agissait d'une chose importante. C'est pourquoi j'ai décidé de laisser une note au journal, en pensant que quelqu'un ne tarderait pas à faire passer une annonce.

— Je ne sais comment vous remercier, balbutia la jeune fille. Je n'aurai aucune peine à vous prouver que ces documents m'appartiennent, puisque ce sont des titres de propriété sur un terrain que je viens d'acquérir au Canada.

— Eh bien, mademoiselle, venez. Je vais vous les remettre. »

L'homme fit pénétrer ses visiteuses dans une maison rustique, mais confortable, et les présenta à une femme corpulente, sympathique, qui confectionnait un pâté dans la cuisine. Elle accueillit les jeunes filles avec bonne humeur et bavarda aimablement avec elles.

« Quel malheur pour tous ces pauvres gens qui ont été blessés dans le train, s'écria-t-elle. Ce matin même, je disais encore à mon mari que je voudrais pouvoir faire quelque chose pour leur venir en aide.

— Peut-être y aurait-il un moyen », répondit Alice, tandis qu'un plan se dessinait dans sa tête. Mais elle n'eut pas le temps d'en dire davantage ; M. Renny revenait, les précieux papiers à la main. Il les tendit à la jeune fille :

« Tenez, mademoiselle, dit-il. Et croyez bien

que je suis heureux d'avoir pu mettre fin à vos inquiétudes.

— Voulez-vous rester dîner avec nous? ajouta Mme Renny. J'ai un beau carré de bœuf à mettre sur le gril. Il provient de l'une de nos bêtes. Vous allez vous régaler.»

Et sans attendre la réponse de ses invitées, elle commença ses préparatifs. Ceux-ci étaient si appétissants que les jeunes filles ne trouvèrent pas le courage de se faire longtemps prier.

Elles ne s'étaient pas trompées en jugeant les talents culinaires de Mme Renny. Celle-ci était un parfait cordon bleu. Aussi reçut-elle de ses convives des compliments mérités.

Cependant, Alice cherchait toujours un moyen de témoigner sa gratitude au fermier et à sa femme. Au moment de prendre congé, elle se décida à exposer l'idée qui lui était venue. Et, s'adressant à Mme Renny :

«Vous me disiez tout à l'heure, madame, que vous aimeriez venir en aide aux malheureux blessés d'hier. Il se trouve justement que, parmi ceux-ci, nous connaissons une dame. Elle est à l'hôpital de Bonne-Espérance, mais doit en sortir dans quelques jours. Il faudrait ensuite qu'elle puisse se reposer un peu au grand air et au calme. Consentiriez-vous à la recevoir? Je suis sûre que vous n'auriez aucune peine à vous entendre avec elle pour les conditions.

— Je l'accueillerais avec grand plaisir, répondit la fermière sans hésiter. Votre amie sera bien ici : la vie y est tranquille pour une convalescente, et nous avons toujours du lait et des œufs frais.

— J'en parlerai donc à cette personne et je

vous aviserai de ce qu'elle aura décidé», promit Alice.

Lorsque la jeune fille exposa son plan à Mme Donnelly, celle-ci lui fit un accueil enthousiaste. Si l'état de Mlle Chapelle demeurait stationnaire, la vieille dame en revanche reprenait rapidement ses forces. Aussi les médecins l'avaient-ils autorisée à quitter l'hôpital quand elle le désirerait.

Le lendemain après-midi, à trois heures, une voiture confortable emmena donc Mme Donnelly et les jeunes filles chez les fermiers. Mais une surprise des plus désagréables attendait la jeune fille, lorsque, Mme Renny étant accourue au-devant de ses visiteuses, Alice fit les présentations :

«Mme Renny... Mme Donnelly.»

Un silence glacial suivit ces paroles. Les deux femmes se regardaient, les yeux pleins de colère et de haine.

«Alice, ramenez-moi à l'hôpital de Bonne-Espérance! ordonna Mme Donnelly d'une voix coupante. Jamais je ne mettrai les pieds dans cette maison!»

Elles remontèrent immédiatement en voiture et Alice donna l'ordre au chauffeur de regagner l'hôtel Hamilton. La première partie du trajet s'effectua dans un silence complet, les jeunes filles espérant que Mme Donnelly donnerait quelques explications de l'incident dont elles avaient été les témoins. Mais leur compagne demeurait muette, le regard fixé droit devant elle, comme étrangère et insensible à tout ce qui l'entourait. Enfin, elle remua les lèvres, et Alice l'entendit qui murmurait :

« Jamais je n'aurais pensé la revoir un jour... »

Puis elle se tut. Anxieuses, les jeunes filles attendaient. Au bout d'un long moment, Mme Donnelly reprit, la voix amère :

« Son père et le mien se haïssaient. Ils habitaient à cette époque la région du lac Wellington et ils étaient entrés en rivalité au sujet d'un terrain.

— Et c'est là l'origine de votre rancune contre Mme Renny ? demanda doucement Alice.

— Mme Renny, dites-vous ? J'ignorais son nom actuel. Nous nous sommes connues enfants et perdues de vue bien longtemps avant d'être en âge de nous marier. J'imagine que nous nous sommes détestées d'emblée, tout naturellement. Vous comprenez, quand il s'agit de trouver de l'or, les gens perdent toute mesure... »

Alice avait dressé l'oreille.

« De l'or ? répéta-t-elle.

— Hé oui. Ce terrain dont je vous parlais n'est d'ailleurs pas très loin du vôtre, mais je vous en prie, ne me demandez pas plus de détails pour l'instant. Je suis encore bouleversée par cette rencontre et je préfère ne plus parler de tout cela.

— Je suis désolée de vous avoir causé pareille émotion, dit Alice, confuse. Je ne soupçonnais pas le moins du monde que vous connaissiez Mme Renny... »

La jeune fille grillait d'envie de questionner Mme Donnelly afin d'en apprendre plus long sur l'ancienne querelle ainsi que sur la rivalité dont le terrain avait été l'objet. Mais elle se contint, car il était certain que la vieille dame avait été sérieusement ébranlée par l'incident.

«Je vous retiendrai une chambre dès que nous arriverons, annonça-t-elle, et il faudra que vous vous mettiez tout de suite au lit. Cette longue course en voiture a été pour vous une fatigue excessive.»

Alice ne quitta pas Mme Donnelly avant que celle-ci eût recouvré assez de calme pour s'endormir paisiblement. Alors seulement, elle rejoignit ses amies dans leur chambre. La conversation s'engagea aussitôt sur les derniers développements de la situation.

Je ne vois vraiment pas comment nous pourrions encore espérer gagner le lac Wellington, dit Bess tristement. Après ses émotions d'aujourd'hui, Mme Donnelly risque fort de n'être pas en état de voyager avant plusieurs jours...

— Sa rencontre avec Mme Renny a tourné au désastre, c'est vrai, reconnut Alice. Mais je crois qu'elle s'en remettra assez vite : elle semblait déjà beaucoup mieux lorsque je l'ai quittée, tout à l'heure.

— Il y a aussi Mlle Chapelle, rappela Marion. As-tu réfléchi à ce que nous allions faire à son sujet?»

Alice n'avait pas oublié sa nouvelle amie, la romancière.

«Je ne partirai pas d'ici avant d'être sûre que Mlle Chapelle est hors de danger, déclara-t-elle avec gravité. Evidemment, notre impatience est extrême. Moi aussi, je grille d'envie d'arriver enfin au Canada. Pensez donc, si par hasard il y avait de l'or dans mon terrain...

— Voilà une idée qui te tracasse depuis notre départ de River City, fit Marion en riant.

— L'or peut être la cause de bien des drames, dit Bess, toujours sombre. Tu as vu comment il est à l'origine de cette affreuse rancune entre Mme Donnelly et Mme Renny. »

Quelques instants plus tard, les jeunes filles descendirent dans le vestibule de l'hôtel. En les voyant, l'employé de service au bureau leur tendit à chacune une enveloppe.

« C'est de chez moi ! s'écria Alice, se laissant tomber dans le premier fauteuil à sa portée.

— J'ai peur d'ouvrir l'enveloppe, dit Bess. Je vais être tellement déçue si maman m'ordonne de rentrer tout de suite à River City ! »

En réalité, toute crainte était superflue, car les parents des jeunes filles, dûment rassurés sur leur sort, leur conseillaient d'attendre paisiblement à Norton que Mme Donnelly fût suffisamment rétablie pour continuer avec elle le voyage. La frontière canadienne était si proche...

« Tout va bien, annonça Alice avec soulagement. Et papa va m'envoyer de l'argent. Nous serons donc tranquilles de ce côté ! »

Cependant, James Roy avait ajouté un rapide post-scriptum à sa lettre.

« Surtout, écrivait-il, sois prudente. Et méfie-toi de ces deux vauriens, Raymond Nivès et Tom Muller. J'ai d'excellentes raisons de croire qu'ils ont quitté River City. »

Alice relut ce paragraphe. Elle se rappelait avec quelle fermeté Bess avait affirmé que M. Nivès se trouvait sur les lieux du déraillement. Les deux hommes n'auraient-ils pas comploté de suivre les jeunes filles jusqu'au Canada? Cette hypothèse ne laissait pas d'être inquiétante.

A ce moment, le standardiste rappela Alice.

« On vous demande au téléphone, mademoiselle », annonça-t-il.

Alice gagna la cabine en toute hâte. Quelques secondes plus tard elle se trouvait en communication avec l'hôpital de Bonne-Espérance.

« Vous nous aviez demandé de vous prévenir si l'état de Mlle Chapelle empirait. Pourriez-vous vous rendre à l'hôpital d'urgence? dit une voix.

— Les choses vont donc plus mal? demanda Alice avec inquiétude.

— Oui, mademoiselle, et l'on va tenter une opération. Il ne reste pas d'autre espoir de sauver la blessée.

— J'arrive tout de suite », promit la jeune fille.

En toute hâte, elle rejoignit ses compagnes et leur exposa la situation.

« Je pars immédiatement, annonça-t-elle. Mais comme je n'ai pas la moindre idée du temps que je passerai là-bas, il faudrait que vous restiez auprès de Mme Donnelly. Elle peut avoir besoin de quelque chose.

— Soit tranquille, nous veillerons sur elle, assura Marion. Mon Dieu, pourvu que Mlle Chapelle survive à son opération... »

Un quart d'heure plus tard, Alice Roy arrivait à l'hôpital : on la conduisit aussitôt au premier étage où l'attendait l'infirmière de jour qui soignait Mlle Chapelle.

« Comment va mon amie ? demanda Alice anxieusement.

— Aussi bien que possible. Elle désire vous parler avant de passer en salle d'opération. C'est la raison pour laquelle nous vous avons fait venir d'urgence. »

L'infirmière guida la jeune fille jusqu'au fond du couloir. Puis, ouvrant la porte de la romancière, elle jeta un coup d'œil dans la chambre et fit signe à Alice d'entrer.

Chapitre 7

Le vieux chêne

Alice s'avança doucement vers le lit. Lorsque Mlle Chapelle reconnut sa visiteuse, un léger sourire passa sur son visage.

« Veuillez nous laisser, je vous prie », murmura-t-elle à l'adresse de l'infirmière.

Celle-ci fit un signe de tête et se retira. La porte se referma sans bruit.

« Je vous ai demandée parce que j'ai quelque chose à vous dire, commença Mlle Chapelle, parlant avec difficulté. J'ai si peu de chances de survivre à cette opération... »

Alice essaya de prodiguer quelques mots d'encouragement, mais la romancière les écouta à peine.

« S'il m'arrivait quelque chose, poursuivit-elle, me promettez-vous de transmettre un message à mon grand-père, ainsi qu'à une autre personne qui m'est également chère ?

— Volontiers, répondit Alice, mais je suis persuadée que cela ne sera pas nécessaire. »

Mlle Chapelle hocha la tête tristement.

« Hélas ! je crains fort de ne jamais revoir mon Canada bien-aimé.

— Votre Canada ? fit Alice, surprise. Je croyais que vous habitiez Hollywood.

— J'y vis depuis plusieurs années, en effet, mais je suis née au Canada et mes parents étaient de vieille souche française. Je me nomme en réalité Annie Chappée, ce que la plupart des gens ignorent. Restée orpheline très jeune, j'ai été élevée par mon grand-père, Pierre Chappée.

— Habite-t-il toujours le Canada ?

— Je n'ai plus de nouvelles de lui depuis bien longtemps, pourtant je suis certaine que, s'il est encore vivant, il demeure au même endroit qu'autrefois et occupe toujours la même cabane de rondins, en pleine forêt, à une vingtaine de kilomètres du lac Wellington. N'importe qui dans la région vous conduira chez lui.

— Ne vous inquiétez pas, je le trouverai », promit Alice.

Une expression lointaine voila le regard gris d'Annie Chapelle.

« Mon grand-père doit avoir maintenant près de soixante-dix ans. Ah ! que je serais heureuse de le revoir !

— Vous le reverrez, j'en suis sûre.

— Hélas ! non, ma pauvre enfant. Nous sommes irrémédiablement brouillés : je me suis sauvée de chez lui à seize ans... »

La romancière se tut. Il y eut un long silence, puis elle reprit d'une voix éteinte :

« J'étais une jeune fille romanesque et j'aimais un garçon. Il s'appelait Charles Renny... »

Alice sursauta en entendant ce nom mais Mlle Chapelle poursuivit, sans avoir rien remarqué :

« Mon grand-père me trouvait trop jeune et il détestait tellement Charlie qu'il menaça de me renier si jamais je l'épousais. Mais nous nous aimions tant que finalement nous décidâmes de nous enfuir. »

La malade se laissa retomber sur son oreiller, épuisée, et Alice crut qu'il lui serait impossible de terminer son récit. Pourtant, elle parvint à se ressaisir par un extraordinaire effort de volonté. Et elle reprit :

« Nous avions l'habitude, Charlie et moi, de correspondre en secret, grâce à un vieux chêne dont le tronc était creux...

— Celui, sans doute, dont vous m'avez déjà parlé ? demanda Alice.

— En effet. Il avait plus de cent ans. Nous étions seuls à connaître l'existence de cette cavité qui, à l'intérieur du tronc, nous servait de boîte à lettres. Nous y déposions nos messages, et j'avais promis à Charlie que je le préviendrais ainsi du jour qui me paraîtrait le plus favorable à notre départ.

— L'avez-vous fait ?

— Oui, j'écrivis une lettre très courte, disant en outre à Charlie que je le retrouverais à Androver, une petite ville des Etats-Unis, toute proche de la frontière canadienne. Je m'y rendais de temps à autre pour faire des achats. Mon grand-père me surveillait de si près que ce moyen semblait le seul aisément praticable.

— Charlie était-il au rendez-vous?» questionna Alice, désireuse de faciliter les confidences de Mlle Chapelle, car elle avait déjà deviné que les choses ne s'étaient pas déroulées selon le plan prévu.

«Non», répondit la romancière. Une expression douloureuse crispa son visage tandis qu'elle poursuivait : «J'attendis deux jours à Androver. Personne ne vint. Ensuite, je ne pus me décider à rentrer à la maison : j'avais peur de grand-père. Ce fut certainement une grosse erreur, mais mon amour-propre l'emporta. Enfin, je compris qu'après la défection de Charlie, je ne pourrais jamais supporter de me retrouver en sa présence.

— Peut-être n'avait-il pas découvert votre message, suggéra Alice.

— Cette idée m'a effleurée, mais beaucoup plus tard, convint Annie Chapelle. Bref, je décidai de partir pour Hollywood. J'ai connu plusieurs années de misère affreuse, seule, sans appui, sans argent. Et puis un beau jour, le succès est venu, sans crier gare. Ce fut la fortune... Quand j'ai fait votre connaissance, dans le train, je m'en retournais au Canada pour la première fois, avec l'espoir d'y retrouver mon grand-père et d'obtenir son pardon.

— Avez-vous eu quelquefois des nouvelles de Charlie?

— Oui, quoique indirectement. Je sais qu'il ne s'est pas marié et qu'il a fait toute la guerre, mais j'ignore absolument où il se trouve aujourd'hui. Ah! comme j'aimerais le revoir... Malheureusement, je crains fort que cela n'arrive jamais.

— Il ne faut pas désespérer, dit Alice avec conviction. Vous guérirez, je vous assure.

— Je le voudrais bien, murmura la romancière. Cependant, je n'ai pas grande confiance et c'est la raison pour laquelle je vous ai demandé de venir. L'histoire que je vous ai racontée figure dans mon dernier roman. C'est le meilleur de tous ceux que j'ai écrits, car il retrace les événements de ma propre vie. Si vous pouviez retrouver mon grand-père et lui expliquer ce qui s'est passé, je vous en aurais une telle reconnaissance... Vous comprenez, je voudrais qu'il sache la vérité avant de mourir.

— J'accepte cette mission de grand cœur», déclara Alice d'un ton grave.

Le visage de Mlle Chapelle se détendit légèrement.

«Je vais être plus tranquille à présent, dit-elle. Vous êtes vraiment très gentille.»

A cet instant, la porte de la chambre s'ouvrit. Une infirmière entra, et, s'adressant à Aiice :

«Excusez-moi, mademoiselle, fit-elle. Il vous faut maintenant partir, car je dois emmener Mlle Chapelle à la salle d'opération.»

La malade ne put réprimer un frisson, en comprenant que l'épreuve décisive était si proche. Mais lorsque sa visiteuse se pencha pour l'embrasser, elle lui sourit bravement.

«Courage, vous verrez, tout ira bien», murmura la jeune fille.

Alice ne quitta pas le couloir avant d'avoir vu le chariot qui transportait Mlle Chapelle disparaître dans l'ascenseur. Alors seulement, elle descendit attendre dans le hall de l'hôpital. Au bout d'une heure environ, une infirmière vint lui annoncer que l'opération était terminée.

« Comment va la malade ? demanda la jeune fille.

— Aussi bien que possible. Nous pensons qu'elle a des chances de survivre. Dès qu'elle aura repris connaissance, nous vous préviendrons. »

Au lieu de regagner immédiatement l'hôtel Hamilton, Alice se hâta de téléphoner à ses amies en les priant de venir la rejoindre au plus vite à la Maison-Rouge.

« Entendu, promit Marion. Mais que se passe-t-il donc ? »

Alice se borna à répondre que le temps pressait et qu'elle s'expliquerait plus tard.

Lorsque Bess et Marion descendirent de taxi à l'entrée du petit chemin menant à la ferme, elles trouvèrent Alice qui les y attendait.

« Excusez-moi, il m'était absolument impossible de retourner vous chercher à l'hôtel, leur dit-elle aussitôt. Figurez-vous que Mlle Chapelle m'a raconté son histoire. Pour l'instant, elle vient d'être opérée et ne s'est pas encore réveillée. Mais j'espère avoir de bonnes nouvelles pour elle lorsqu'elle aura repris connaissance. Mon Dieu ! si je pouvais retrouver Charlie, comme je serais contente !

— Charlie ? répéta Marion, éberluée.

— Oui, Charles Renny. Je ne serais pas autrement étonnée qu'il fût apparenté à nos amis, M. et Mme Renny. »

Tandis que les jeunes filles gravissaient le petit chemin sinueux qui montait à la ferme, Alice raconta l'essentiel de ce que lui avait dit Mlle Chapelle. A leur tour, Bess et Marion se passionnèrent pour la triste histoire de la romancière.

« Je me demande comment nous allons être reçues, après ce qui s'est passé avec Mme Donnelly », observa Bess, peu rassurée.

Mais Mme Renny accueillit les visiteuses avec sa cordialité habituelle.

« Je devine l'objet de votre venue, déclara-t-elle, avant qu'Alice ait eu le temps de parler. Vous êtes très gentilles de vouloir arranger les choses entre Mme Donnelly et moi, mais c'est absolument impossible.

— Notre visite a un but tout différent, répondit Alice. Le voici : j'aimerais savoir si vous ne connaîtriez pas par hasard un nommé Charlie Renny ? »

Une expression indéfinissable passa sur les traits de la fermière.

« Si, répliqua-t-elle lentement. C'est mon fils. »

Le cœur d'Alice se mit à battre follement.

« Alors, dites-moi où il se trouve, je vous en prie, s'écria-t-elle. Il faut absolument que je le voie tout de suite.

— J'ignore où il est, ma chère enfant. »

Chapitre 8

La mission d'Alice

« Je n'ai pas la moindre idée de l'endroit où il peut se trouver en ce moment, répéta Mme Renny, comme à regret.

— Savez-vous au moins quand il doit revenir ici ? demanda Alice d'un ton anxieux.

— Nullement. Il a l'habitude d'aller et de venir sans me donner d'explication sur ses projets. Depuis la guerre, voyez-vous, il a tellement changé que nous ne le reconnaissons plus...

— Est-il marié ?

— Non, sa fiancée l'a laissé autrefois, et il ne s'est jamais remis de ce chagrin. »

Alice grillait d'envie de tout raconter à la fermière. Mais elle hésitait, car le secret en cause ne lui appartenait pas. Elle jugea préférable de procéder à une enquête plus approfondie avant de divulguer ce qu'elle savait.

« Pourriez-vous me confier une photographie

de votre fils? demanda-t-elle à Mme Renny. Si possible datant d'avant la guerre?»

Ne sachant comment interpréter le sens de ce questionnaire auquel la soumettait Alice, la fermière commençait à s'alarmer et c'est en hésitant qu'elle répondit :

«Je crois en avoir une... Attendez, je vais chercher.»

Après avoir fouillé dans plusieurs tiroirs, elle finit par découvrir une photo pâlie et la tendit à la jeune fille.

«Ce n'est pas très ressemblant», dit-elle, confuse.

Le visage que vit Alice lui parut assez quelconque, mais les traits fermement dessinés révélaient un caractère énergique.

«Je vous remercie, madame, dit-elle. Voilà qui me sera fort utile.

— Vous voulez donc emporter cette photo? s'écria Mme Renny, de plus en plus déconcertée.

— Ma foi oui, si vous le permettez. Mais rassurez-vous, je la garderai seulement quelques jours, et je vous promets de la rapporter intacte.»

Il était assez clair que la fermière ne tenait guère à se séparer de la photographie. Mais, sans lui donner le temps de se ressaisir, Alice la remercia de nouveau et se hâta de prendre congé.

«Pauvre femme, tu lui as donné des inquiétudes mortelles», dit Bess quand les jeunes filles se trouvèrent sur le chemin du retour.

C'était là une perspective à laquelle Alice n'avait pas songé.

« Bah ! Mme Renny ne va sans doute pas tarder à oublier ses craintes », répondit-elle en souriant.

Cependant, la jeune fille se trompait grandement. Aussitôt après le départ des visiteuses, en effet, la fermière devait courir jusqu'à la grange où se trouvait son mari. Celui-ci s'alarma plus encore que son épouse en apprenant ce qui s'était passé. Et il se prit à redouter que son fils n'eût commis quelque crime et que la photographie emportée par la jeune fille ne servît à le confondre.

M. et Mme Renny passèrent le reste de la journée à se tourmenter de plus belle, et, le soir venu, ils ne doutaient plus un instant que Charlie ne fût recherché par la police. Finalement, voulant en avoir le cœur net, ils décidèrent de se rendre à Norton et d'aller demander à Alice comment elle comptait utiliser le portrait de leur fils.

De leur côté, les jeunes filles avaient regagné l'hôtel Hamilton. Elles y trouvèrent Mme Donnelly, complètement remise de ses émotions, qui les attendait dans sa chambre avec impatience.

« J'ai décidé que le mieux serait à présent de continuer notre voyage, déclara-t-elle sans préambule. Cette ville est horrible, je m'ennuie dans cet hôtel et j'ai hâte de rentrer chez moi. D'ailleurs, j'achèverai de me remettre beaucoup plus vite au lac Wellington qu'ici.

— Mais vous sentez-vous réellement en état de repartir ? demanda Alice avec inquiétude. Votre fatigue...

— Bah ! sornettes que tout cela ! coupa impétueusement Mme Donnelly. Je suis en excellente forme. Bien sûr, ma rencontre avec cette Mme Renny m'a un peu secouée, mais, cela mis à part, je n'ai jamais été aussi dispose!»

En entendant ces affirmations contradictoires, Alice ne put s'empêcher de sourire.

En son for intérieur, elle se réjouissait de repartir pour le Canada sans attendre davantage : elle avait hâte d'arriver au lac Wellington afin de tenir la promesse faite à Mlle Chapelle.

«Je crois me souvenir que nous avons un express dans une heure, dit-elle.

— Alors, mes petites, dépêchez-vous d'aller boucler vos valises, ordonna Mme Donnelly. La mienne est prête depuis longtemps. Plus tôt nous partirons, mieux ce sera!»

Les jeunes filles se précipitèrent dans leur chambre, et, vingt minutes plus tard, tout le monde s'entassait dans le taxi appelé par téléphone. Il prit aussitôt le chemin de la gare.

Dès qu'elles furent dans le train, Alice s'empressa auprès de Mme Donnelly, et, s'étant assurée que celle-ci était confortablement installée dans sa couchette, elle rejoignit ses amies au wagon-salon.

«Je me demande comment va Mlle Chapelle, dit Bess au bout d'un moment. Quel dommage que nous n'ayons pu retourner la voir avant notre départ!

— De toute façon, cela eût été impossible, déclara Alice. L'infirmière m'avait avertie que les visites seraient formellement interdites pendant plusieurs jours. Aussi ai-je l'impression que c'est en allant dès à présent au lac Wellington que je rendrai le meilleur service à Mlle Chapelle.»

A la gare suivante, les voyageuses décidèrent de téléphoner à l'hôpital de Bonne-Espérance, à Norton.

Leur joie fut grande d'apprendre que la romancière avait fort bien supporté l'opération et qu'elle reposait paisiblement.

« Me voici soulagée d'un grand poids, dit Alice lorsque la communication fut terminée. A présent, je vais pouvoir profiter pleinement de ce fameux voyage au Canada ! »

Le lendemain matin, à huit heures, Alice était en train de refermer sa valise lorsque Marion entra dans son compartiment en coup de vent pour annoncer que l'on n'allait pas tarder à arriver.

« Très bien, je suis prête », dit Alice.

Dix minutes plus tard, le train entrait en gare. Un porteur aida à descendre les bagages et l'on se dirigea vers la sortie. Mme Donnelly ayant eu l'excellente idée de télégraphier l'heure de son retour, un taxi attendait les voyageuses.

« Alors, mes petites, que pensez-vous de ce pays-ci ? » demanda gaiement la vieille dame lorsque tout le monde se fut installé dans la voiture. « N'est-il pas joli ?

— Ma foi si, les environs de la ville me semblent ravissants, et j'aime sentir partout cette bonne odeur des pins, dit Alice.

— Tenez, voici le lac, annonça Mme Donnelly, tandis que la voiture abordait un long virage. Avez-vous jamais rien vu d'aussi bleu ?

— Jamais ! » s'exclama Bess, fascinée par ces eaux d'une extraordinaire couleur de saphir que son regard venait de découvrir.

La pension de famille que tenait Mme Donnelly était une vaste construction de rondins, nichée parmi des pins immenses. L'intérieur en était confortable, meublé avec goût, et un énorme feu de bois flamboyait dans la cheminée de la grande salle.

Les voyageuses s'assirent devant la table mise et une jeune femme, que Mme Donnelly présenta comme la servante, apporta immédiatement un succulent petit déjeuner.

Aussitôt après, Bess et Marion gagnèrent directement leur chambre. Mais Alice, avisant un journal local qui traînait sur un guéridon, s'attarda afin d'y jeter un coup d'œil. Soudain, son regard accrocha un nom familier, et elle lut le paragraphe avec soin. On y parlait d'une terrible tempête qui avait ravagé les forêts situées au nord du lac Wellington. On y racontait aussi l'aventure d'un inconnu qui, s'étant réfugié sous un grand chêne, non loin de la maisonnette occupée par Pierre Chappée, avait failli être tué par la chute d'une énorme branche.

« Ne s'agirait-il pas, par hasard, de cet arbre décrit par Mlle Chapelle ? se demanda Alice, intriguée. Le chêne qui tenait lieu de boîte aux lettres, à elle et à son fiancé... Demain, à la première heure, j'irai sur place voir ce qu'il en est ! »

Chapitre 9

La forêt

Le lendemain, au petit déjeuner, Alice annonça son intention d'aller voir Pierre Chappée. A son grand soulagement, Mme Donnelly lui donna immédiatement les renseignements nécessaires sans poser la moindre question indiscrète.

« Bill Atkins est l'un des meilleurs guides de la région, déclara-t-elle. Pour un prix raisonnable, il vous fournira un bateau, ainsi que tout le matériel indispensable à votre expédition, et, par-dessus le marché, il pourvoira au déjeuner.

— Faut-il donc que nous allions là-bas en bateau ? demanda Alice, surprise.

— C'est le seul moyen commode. Il y a bien un mauvais chemin qui conduit jusque chez Pierre Chappée par la forêt, mais il fait des détours interminables, En bateau, au contraire, vous ferez une excursion infiniment plus agréable.

— Mais oui, cela sera très amusant, approuva Marion, remplie d'enthousiasme.

— Comment allons-nous trouver Bill Atkins afin de nous entendre avec lui ? s'informa Alice.

— Je vais m'occuper de cela moi-même, si vous voulez, offrit Mme Donnelly. Voyons, quand désirez-vous vous mettre en route ?

— Le plus tôt possible. »

Mme Donnelly jeta un coup d'œil à la pendule.

« Il est déjà un peu tard, mais si Bill Atkins est disponible, je crois que tout pourrait être prêt vers dix heures. Cela vous donnerait amplement le temps d'arriver à destination avant la nuit.

— Nous ne rentrerions donc ici que demain, dit Alice. Et encore n'est-ce pas sûr, car il m'est impossible de savoir dès à présent s'il me faudra m'attarder là-bas longtemps ou non...

— Cela n'a aucune importance : vous sachant sous la garde de Bill Atkins, je n'aurai aucune inquiétude à votre sujet », dit Mme Donnelly.

Toutes les dispositions nécessaires se trouvèrent bientôt prises, et les jeunes filles se préparèrent rapidement. Quand elles arrivèrent au rendez-vous fixé à l'embarcadère par le guide, celui-ci constata d'un œil approbateur que ses clientes avaient adopté la tenue simple et pratique convenant à l'expédition : culottes de cheval et fortes chaussures montantes.

Ils s'embarquèrent dans un canoë équipé d'un petit moteur auxiliaire. Tandis que l'embarcation filait à vive allure sur le lac, les jeunes filles se réjouissaient de cette promenade qui s'annonçait si agréable, et si rapide. On atteignit bientôt le premier portage, et, là, Bill Atkins amarra son bateau.

« Je le laisse ici, déclara-t-il. Nous n'emporterons que les pagaies et le matériel de campement. J'ai un second canoë qui m'attend sur le lac Robinson. »

La répartition des charges terminée, les jeunes filles prirent chacune un sac sur le dos, et s'engagèrent à la suite du guide sur une sente étroite qui s'enfonçait dans la forêt. Au bout d'un kilomètre, leur fardeau, léger au départ, leur parut accablant, comme s'il avait soudain pesé dix kilos de plus. Et ce fut pour elles une grande joie que d'apercevoir bientôt une nouvelle étendue d'eau bleutée scintillant à travers les arbres.

La petite troupe gagna la berge du second lac, et Bill Atkins tira jusqu'à lui un canoë rouge, dissimulé sous des buissons. Comme il se penchait pour le mettre à l'eau, il s'attarda un instant à examiner la trace d'un pas fraîchement imprimée sur le sable.

« Quelqu'un est passé par ici ce matin, dit-il brièvement. Un monsieur de la ville.

— Comment pouvez-vous le deviner ? demanda Bess, intriguée.

— D'après le genre de la chaussure », expliqua Alice.

Bill aida ses clientes à s'installer dans l'embarcation sans commenter davantage sa découverte. Alice, assise à l'avant du canoë, sa pagaie en main, songeait à Pierre Chappée, le grand-père d'Annie Chapelle. Le trouverait-elle chez lui, et serait-il en bonne santé, disposé à l'entendre? Quelle déception si elle ne pouvait remplir la mission dont elle s'était chargée!

Elle promenait distraitement son regard sur les eaux étincelantes lorsqu'elle remarqua soudain, droit devant elle, une embarcation. Alice la désigna à Bill, mais le regard aigu de celui-ci l'avait depuis longtemps aperçue. Imité par les jeunes filles, le guide plongea sa pagaie plus avant dans l'eau et, forçant ainsi l'allure, se rapprocha du canot.

«C'est curieux, on dirait que ces gens-là essaient de conserver leur avance sur nous», observa Marion.

Deux hommes étaient à bord. Alice, qui ne s'attendait certes pas à les reconnaître, fut stupéfaite quand, l'un des deux s'étant retourné, le temps d'un éclair, elle distingua son visage.

«Ma parole, je crois bien que c'est Tom Muller!» s'exclama-t-elle.

La physionomie du guide s'était brusquement assombrie comme un ciel avant l'orage.

«Le connaissez-vous? demanda Alice.

— Si je le connais! Ce n'est pas la première fois qu'il rôde par ici, le bandit!» lança Bill d'un ton furieux.

Alice ne quittait plus le bateau des yeux. Soudain, elle crut rêver en s'apercevant que le compagnon de Tom n'était autre que Raymond Nivès! L'auraient-ils donc suivie jusqu'au lac Wellington? Elle redoutait fort que leur présence dans ces parages n'annonçât rien de bon.

Se voyant suivis, les deux hommes faisaient à présent force de rames. Ils ne tardèrent pas à dépasser un petit promontoire qui s'avançait dans le lac. Quand le canoë rouge l'eut contourné à son tour, toute trace de leur embarcation avait disparu.

« Voilà qui est extraordinaire, murmura Alice. Où sont-ils donc passés ? »

Il fallait convenir que rien n'était plus simple que de dissimuler un bateau parmi les broussailles et les arbustes touffus qui se pressaient au bord de l'eau.

« Peut-être M. Nivès et son ami sont-ils simplement venus pêcher, suggéra Bess, optimiste. Mme Donnelly nous a dit que ces lacs étaient parmi les plus poissonneux de tout le Canada...

— Ce n'est pas en se cachant dans les buissons qu'ils prendront du poisson », répliqua le guide d'un ton sec.

Alice et ses amies eurent beau continuer à scruter l'étendue du lac, elles ne revirent plus les deux hommes. Une demi-heure, puis une heure passèrent sans nouvel incident, et l'atmosphère se détendit.

« J'ai une faim de loup », annonça soudain Marion.

Bill sourit, et, sans mot dire, mit aussitôt le cap vers la rive. Puis il déclara :

« Nous allons nous arrêter ici pour déjeuner. Les coins agréables ne manquent pas. »

Il tira le canoë au sec sur le sable et le déchargea. Remplies d'admiration, les jeunes filles le regardèrent préparer, puis allumer le feu. Après quoi, il sortit de son sac une vieille cafetière d'aluminium cabossée et un poêlon tout noirci par la fumée. Bientôt se répandit alentour une alléchante odeur de pommes de terre et de lardons.

Après l'excursion et les fatigues de la matinée, ce menu était délicieux.

« Je vais aller remplir mes gourdes à la source, et puis nous nous remettrons en route », annonça Bill, le repas terminé.

Les jeunes filles se mirent aussitôt à ranger vaisselle et ustensiles, puis elles rassemblèrent les papiers et débris à enfouir. Soudain, un léger bruit qui semblait provenir des buissons les fit sursauter.

« Qui va là ? » s'écria Alice.

En réponse, elle vit Raymond Nivès et Tom Muller surgir, puis s'avancer à découvert.

« Que voulez-vous ? demanda-t-elle sèchement.

— Faire un brin de causette avec vous, répondit M. Nivès avec insolence. Nous nous intéressons beaucoup à ce terrain que vous venez d'acquérir par ici.

— Je m'en serais doutée !

— Allons, ne montez donc pas sur vos grands chevaux, conseilla l'homme d'une voix mielleuse. Nous ne cherchons nullement à vous faire faire un marché de dupes.

— Je n'en suis pas si sûre, rétorqua la jeune fille.

— Nous ne demandons pas mieux que de vous payer cette propriété un bon prix...

— Combien ? » coupa Alice.

Pris de court, M. Nivès hésita :

« Voyons, dit-il enfin, étant donné que la terre ne vous a rien coûté, à quelque prix que vous la vendiez, ce sera pour vous une bonne affaire. D'autre part, il ne vous faut pas avoir trop d'illusions : le terrain est inculte, de piètre qualité, pratiquement sans valeur.»

Alice ne put réprimer un sourire.

«Si mon terrain a si peu de valeur, fit-elle, je me demande pourquoi vous désirez tant l'acquérir», observa-t-elle.

M. Nivès avait évidemment prévu cette question et préparé sa réponse.

«Il se trouve à proximité d'un lac très poissonneux et nous voulons y construire un petit pavillon pour la saison de pêche, expliqua-t-il sans hésitation.

— Quoi qu'il en soit, je ne veux pas vendre, répliqua tranquillement Alice, et à dire vrai, je n'ai pas la moindre confiance en vous deux!

— Nous voulons ce terrain et nous l'aurons, cria Tom avec violence. Si vous refusez, nous vous empêcherons de partir d'ici. Nous coulerons votre bateau!»

Hors de lui il s'élança vers la grève où se trouvait le canoë. Alice et ses amies s'élancèrent à sa poursuite, mais M. Nivès leur barra le passage. Tom Muller en profita pour atteindre la légère embarcation qu'il mit à l'eau. Puis en un clin d'œil, il la retourna et, de toutes ses forces, la poussa loin de la berge.

«Bill, au secours!» cria Alice, affolée.

Le guide, déjà alerté par les éclats de voix, arrivait en courant. D'un bond, il se jeta sur Tom Muller.

Les deux hommes s'empoignèrent et la lutte se poursuivit dans l'eau. Soudain, Bill décocha un coup de poing magistral qui atteignit son adversaire à la pointe du menton. Tom Muller

recula et, perdant l'équilibre, tomba à la renverse dans l'eau.

Cependant Alice se débattait comme un beau diable pour échapper à M. Nivès. A l'instant même où Tom Muller s'écroulait sous l'assaut du guide, elle se dégagea d'une forte secousse, et poussa violemment son adversaire. L'homme trébucha sur le talus limoneux, bascula en arrière, poussa un cri de rage et tenta désespérément de se rattraper. Mais ses pieds glissèrent et il tomba à l'eau.

L'espace de quelques secondes, Alice resta stupéfaite. Elle regardait les deux hommes se débattre lorsqu'elle comprit en un éclair qu'elle et ses compagnons allaient manquer une occasion unique de prendre la fuite.

« Vite, s'écria-t-elle, aidez-moi à rattraper le canoë ! »

Bess et Marion, éberluées par la rapidité de la scène, n'obéirent pas immédiatement à l'appel de leur amie, mais Bill se jeta à l'eau pour aider la jeune fille à rattraper l'embarcation. Ils la retournèrent et par une habile manœuvre d'un bord sur l'autre, la vidèrent presque de l'eau qu'elle contenait.

Pendant ce temps, Bess et Marion empoignaient les sacs et les paquetages et revenaient à toutes jambes vers le canoë. Elles s'y précipitèrent, tandis que Bill le maintenait fermement. Alice s'y installa en même temps et, dès qu'elle eut saisi sa pagaie, Bill embarqua à son tour. En un clin d'œil, le bateau et ses occupants filèrent sur le lac, hors d'atteinte.

« Je vous le revaudrai ! hurla Tom Muller, brandissant le poing hors de l'eau.

— Si nous nous retrouvons, vous verrez quel beau plongeon je vous ferai faire encore!» riposta Bill Atkins.

Sachant qu'il serait vain de songer à prendre le canoë en chasse, les deux hommes regagnèrent péniblement leur campement, trempés jusqu'aux os. Ils jetèrent une brassée de bois sur le feu et s'installèrent devant les flammes pour faire sécher leurs vêtements.

C'est alors que Tom remarqua un morceau de papier qui traînait sur le sol. Intrigué, il le ramassa. Dès qu'il y eut jeté un coup d'œil, son visage s'éclaira. Il s'agissait en effet d'une note perdue par Alice au cours de sa lutte contre M. Nivès, sur laquelle elle avait écrit le chemin à suivre pour se rendre chez Pierre Chappée.

«Eh bien, nous avons tout de même de la chance, s'écria Tom, jubilant. Tiens, regarde ce que j'ai trouvé. Il ne faut pas qu'Alice Roy soit tellement maligne pour avoir laissé tomber cela...

— Donne», fit Nivès d'un ton sec.

Ses yeux étincelèrent lorsqu'il prit connaissance de la note.

«Voilà qui nous renseigne à coup sûr, grogna-t-il. Comment pourrions-nous arriver chez Pierre Chappée avant cette maudite Alice?»

Les yeux de Muller se rétrécirent jusqu'à n'être plus que deux fentes.

«Je connais un sentier qui y mène tout droit, dit-il, mais il est à peine praticable.

— Prenons-le tout de même, nous verrons bien. Par le lac, nous n'aurions pas la moindre chance de réussir.»

Sans attendre que leurs vêtements eussent

complètement séché, les deux hommes se mirent en route à travers bois. Muller avait eu raison de dire que le chemin serait difficile, car il disparaissait sous un enchevêtrement de ronces et de broussailles. Les deux hommes y étaient pris jusqu'aux genoux. Pourtant, décidés à atteindre leur but coûte que coûte, ils continuaient à avancer.

« Cette fois, la mesure est comble : j'en ai assez ! annonça Nivès, perdant brusquement courage après plusieurs heures de cette marche harassante. Tout à l'heure, il me semblait que nous étions sur le point d'arriver. Tom, es-tu sûr de bien connaître le chemin ?

— Je le croyais, mais, à présent, je me demande si nous ne nous sommes pas trompés au croisement que nous avons trouvé, à environ deux kilomètres d'ici. »

Nivès foudroya son compagnon d'un regard terrible et essuya la sueur qui coulait sur son visage poussiéreux.

« Il est bien temps de t'en apercevoir, gronda-t-il. Nous voici dans de beaux draps : égarés en pleine forêt, sans âme qui vive à je ne sais combien de kilomètres à la ronde !

— Vous vous trompez », déclara soudain une voix derrière eux.

Ils se retournèrent et se trouvèrent face à face avec un inconnu qui, tranquillement, sortait du taillis.

« Qui êtes-vous ? demanda Muller.

— Je m'appelle Renny, Charles Renny. »

Cependant Nivès et son compagnon avaient déjà remarqué que le nouveau venu transportait divers outils de chercheur d'or.

« Est-il exact que l'on trouve de l'or par ici ? » demanda Nivès d'un ton brusque.

L'homme le considéra un instant, puis répondit, évasif :

« Bah ! s'il fallait croire tout ce que racontent les gens...

— Pourriez-vous nous donner quelque chose à manger et nous aider à retrouver notre chemin ? » lui demanda Nivès, comprenant qu'il serait inutile de le questionner davantage. « Nos provisions sont épuisées et nous n'en pouvons plus après cette longue marche à travers bois. Nous allons chez Pierre Chappée. »

L'attitude de Charles Renny se fit aussitôt plus cordiale.

« Vous n'êtes plus très loin de chez lui, déclara-t-il. Mais si vous voulez bien m'accompagner d'abord chez moi, un peu plus bas, je vous cuisinerai quelque chose, et, quand vous vous serez restaurés, je vous indiquerai votre chemin.

— Très bien, en route, fit Tom Muller, impatient. Nous sommes pressés d'arriver.

— Pourquoi tant de hâte ? demanda Renny en s'engageant paisiblement dans la descente. Ici, vous savez, nous avons l'habitude de prendre le temps comme il vient.

— Disons alors que ce n'est pas ma manière à moi, riposta Tom. Et si vous ne voulez pas nous indiquer le chemin...

— Inutile de vous fâcher, coupa Renny, sans se départir de son calme. Soyez tranquille, je vous montrerai la route. Seulement il me semblait que vous aviez l'un et l'autre le plus grand besoin de vous reposer.

— C'est vrai, convint Nivès. Malheureusement, nous voudrions devancer d'autres gens qui se rendent aussi chez Pierre Chappée, et c'est pourquoi nous marchons depuis plusieurs heures sans prendre le temps de souffler. »

Charles Renny accueillit ces paroles en silence. Quelques instants plus tard, une maisonnette apparut au centre d'une petite clairière. Le chercheur d'or ouvrit la porte toute grande et invita ses compagnons à entrer.

« Je vais vous préparer quelque chose, dit-il. Ce sera vite fait. »

Nivès et Muller s'assirent et promenèrent autour d'eux un regard curieux. La pièce était meublée confortablement, quoique avec simplicité. Une paire de raquettes et des peaux de bêtes, témoins des chasses de l'hiver, décoraient les murs de rondins bruts. A la tête du lit, était accroché le portrait d'une jeune femme.

« Jolie fille », observa Nivès sans façon.

Charles Renny se pencha brusquement sur son feu et, absorbé par ses préparatifs, feignit de n'avoir rien entendu.

Ne sachant comment tuer le temps, Nivès tira de sa poche la note perdue par Alice au bord du lac. Il la relut avec attention, puis la jeta négligemment sur la table.

Lorsqu'un peu plus tard, Charles Renny commença à mettre le couvert, son regard tomba sur le morceau de papier. Deux mots du texte le firent sursauter. Il prit la note et les relut pour s'assurer qu'il n'avait point rêvé.

« Annie Chapelle ! » murmura-t-il.

Le nom de sa fiancée perdue !

« Qu'avez-vous ? demanda soudain Raymond Nivès. On dirait que vous n'êtes pas bien. »

Renny le regarda, l'air hébété. Et, montrant le papier :

« Qui vous a donné cela ? questionna-t-il rudement.

— Ça ? Une jeune fille, répondit Nivès avec insouciance.

— Une jeune fille... », répéta Renny, comme dans un rêve.

Nivès et Muller échangèrent un regard inquiet. Leur hôte semblait ne pas posséder toute sa raison.

« Ecoutez, je crois que nous allons partir tout de suite, dit Muller, se levant brusquement. Ne vous inquiétez pas pour nous. Si vous voulez bien nous indiquer le chemin pour aller chez Pierre Chappée, nous...

— Et moi qui, depuis si longtemps, la croyais morte..., murmura Renny, sans entendre.

— Hein, que dites-vous ? » s'exclama Nivès, abasourdi.

Avec effort, Renny parvint à se ressaisir.

« Excusez-moi, dit-il, confus. Le déjeuner va être prêt.

— Mais je vous expliquais justement que... »

Tom Muller renonça à protester et se rassit :

« Inutile, mon vieux, lui conseilla Nivès à voix basse. Tu vois bien qu'il est fou. Il ne faut surtout pas le contrarier, il serait capable de nous tuer. »

Les deux chenapans n'osaient plus quitter leur hôte des yeux.

Bientôt, ils se mirent à table, mais Charles Renny ne partagea pas ce repas. Assis en face de ses invités, il regardait dans le vide, l'air abattu. Son attitude impressionnait ses compagnons qui, le déjeuner terminé, poussèrent un soupir de soulagement.

« Merci mille fois, dit Nivès en se levant. A présent, monsieur, si vous voulez bien nous montrer le chemin, il ne nous reste plus qu'à prendre congé de vous. »

Mais Renny se levait à son tour.

« Je vous accompagne, fit-il.

— Mais ce n'est pas la peine, se hâta de dire Muller.

— Nous n'aurons aucun mal à trouver notre chemin, je vous assure, renchérit Raymond Nivès. Nous ne voulons pas abuser de votre gentillesse. »

Il ne voulait à aucun prix que leur hôte les suivît. Et il ne souhaitait pas davantage la présence d'un témoin lorsqu'ils auraient atteint leur destination.

« Vous n'abusez nullement, je vous assure. Allons, en route. Je passe le premier ! »

Découragés et à bout d'arguments, les deux hommes se résignèrent à emboîter le pas à leur guide. Ils marchaient depuis un bon moment lorsqu'ils débouchèrent enfin sur un vaste terrain découvert au centre duquel se trouvait une cabane de rondins entourée de champs cultivés. A quelque trois cents mètres de là, au bord d'un ruisseau, il y avait aussi un moulin.

« Pierre Chappée est très bien installé ici, expliqua Renny. Il a défriché tout le terrain lui-même.

— Grand merci de nous avoir accompagnés

jusqu'au bout », dit alors Raymond Nivès, désireux de couper court.

Cependant Charles Renny ne semblait nullement disposé à s'en aller.

« Je crois que je vais attendre un peu, annonça-t-il. Il n'y a peut-être personne... »

Furieux, mais rongeant leur frein, Nivès et son compagnon se dirigèrent vers la porte d'entrée et frappèrent à grands coups.

Chapitre 10

La ruse d'Alice

Personne ne répondit, Nivès frappa encore.

«Cela ne m'étonne pas : j'aurais juré qu'à cette heure-ci, il n'y aurait personne», songea Charles Renny.

A ce moment, il vit Tom Muller pousser brutalement la porte qui, n'étant pas fermée à clef, céda aussitôt.

«Dites donc», s'écria Renny, rejoignant les indiscrets qui, déjà, pénétraient dans la maison. «Vous n'avez pas le droit de vous introduire ainsi chez les gens!

— Vraiment?» riposta Muller avec insolence.

Il se retourna et, brusquement, sauta à la gorge de Renny qui, surpris, perdit l'équilibre et tomba à la renverse. Nivès arriva à la rescousse et aida son ami à maintenir au sol le chercheur d'or, tandis que Muller lui ligotait soigneusement les quatre membres.

« Bâillonne-le donc aussi, conseilla Nivès. Sinon, il va ameuter tous les environs. »

Ayant découvert une vieille serviette de toilette, Muller s'empressa de l'enfoncer entre les mâchoires de Renny.

« Voilà qui le fera tenir tranquille, dit-il.

— Sans doute, seulement il faut songer à présent que Pierre Chappée risque de rentrer chez lui d'une minute à l'autre, rappela Raymond Nivès. Il faut cacher notre homme. »

Tout en parlant, il avait soulevé la trappe qui dissimulait l'escalier de la cave. Les deux hommes y transportèrent leur prisonnier et l'enfermèrent dans le fruitier découvert par Nivès. Ils remontèrent au rez-de-chaussée. A peine avaient-ils eu le temps de reprendre leur souffle que Nivès, prenant sa faction près de la fenêtre, aperçut Alice Roy et ses compagnons en train de tirer leur canoë sur la berge du lac.

« Nous sommes arrivés à temps ! s'exclama-t-il. Qu'allons-nous faire ?

— Il faut nous cacher et attendre qu'ils tombent dans le piège. »

Mais les arrivants n'étaient pas gens à violer la propriété d'autrui. Voyant que personne n'ouvrait, Alice montra le vieux moulin qui s'élevait à quelque distance de l'habitation.

« M. Chappée est peut-être occupé là-bas, suggéra-t-elle. Si nous allions voir ? »

Elle s'approcha de la bâtisse, tandis que Bess et Marion s'arrêtaient pour regarder la roue aux aubes couvertes de mousse. Alice continua à avancer et, pénétrant dans le moulin, flâna dans la grande salle autour des meules puis s'en alla jeter un coup d'œil dans le grenier. Plusieurs lézardes traversaient le mur extérieur de haut en bas. Alice mit son œil à l'une des plus larges. De cet observatoire, elle voyait parfaitement la maisonnette de Pierre Chappée et son regard plongeait à l'intérieur par l'une des fenêtres. Quelle ne fut pas sa surprise en reconnaissant Tom Muller qui, se dissimulant à demi derrière un rideau, semblait épier les alentours!

Alice en crut à peine ses yeux. Ainsi, Nivès et Muller l'avaient devancée et, qui sait, peut-être avaient-ils fait un mauvais parti au malheureux grand-père d'Annie Chapelle.

La jeune fille se hâta de rejoindre ses amis et de leur raconter ce qu'elle avait vu.

« Ils espèrent nous surprendre, conclut-elle. Mais il faut que ce soit le contraire : c'est nous qui allons déjouer leur plan!

— Je me demande bien comment », dit Marion.

En quelques mots, Alice exposa son projet : Bess et Marion iraient faire le guet derrière la maison, en décrivant un large cercle à travers bois afin de ne pas être vues.

« Bill et moi, nous allons nous faufiler jusqu'au bord du lac et cacher le canoë. J'espère que Nivès et Muller remarqueront la disparition de notre bateau, et croiront que nous sommes partis.

— Excellente idée, convint Marion en riant. Viens, Bess, et enlève ton chapeau : il se voit de trop loin! »

Par le sous-bois, Alice et le guide gagnèrent la grève où ils avaient échoué leur embarcation. Là, ils attendirent un instant, surveillant de loin la maisonnette afin de s'assurer que tout était calme de ce côté. Puis ils traînèrent le canoë vers des buissons qui, à quelque distance, bordaient la rive et ils le dissimulèrent au plus épais. Bill effaça ensuite les traces qui, nettement visibles sur le sable, auraient risqué de trahir la cachette.

Après quoi, Alice et son compagnon longèrent le bord de l'eau et, par un grand détour, revinrent derrière la maison.

Le temps passa, et Alice commençait à désespérer de l'efficacité de sa manœuvre.

« J'ai bien peur que cela ne marche pas, dit-elle avec découragement.

— Attendez ! » souffla Bill, la tirant brusquement en arrière.

La porte de la maison venait de s'entrebâiller. Raymond Nivès passa la tête prudemment par l'ouverture, regarda à droite, puis à gauche. Il se retourna et fit un signe à Tom. Tous deux sortirent et se dirigèrent avec précaution vers le lac.

« Ma parole, ils sont vraiment partis ! » s'exclama Nivès en découvrant l'emplacement où Alice et ses compagnons avaient échoué leur embarcation.

Les deux hommes scrutèrent l'étendue du lac, mais ce fut en vain : on ne voyait nulle trace du canoë rouge.

« Si nous avions seulement un bateau, maugréa Muller, nous pourrions les rattraper : je sais où est situé le terrain d'Alice. Je suis certain qu'ils y sont allés. »

Ils se mirent alors à explorer la rive. Or, il se trouvait par hasard que Pierre Chappée avait laissé un vieux canot au sec sur la grève à une centaine de mètres de là. D'un même élan, Nivès et Muller se précipitèrent vers lui.

Quand Bill Atkins les vit mettre l'embarcation à l'eau, il éclata de rire.

« Ils ne se doutent pas de ce qui les attend ; je ne leur donne pas dix minutes avant de lâcher leurs avirons. Cette vieille casserole pèse une tonne. Avec ça, elle se remplit comme un panier : il y a beau temps que Pierre Chappée ne s'en sert plus. »

Le bateau s'éloigna, et Alice et Bill rejoignirent Bess et Marion qui avaient suivi toute la scène, du haut d'un grand arbre.

« Pierre Chappée ne devrait pas tarder à rentrer, remarqua Alice. Si nous entrions dans la maison pour voir s'il n'y a rien d'anormal ?

— Je vais rester dehors en sentinelle », proposa Bill Atkins. Il ouvrit la porte et laissa passer les jeunes filles. « Il pourrait prendre fantaisie à Muller et à son ami de revenir. Mieux vaut rester sur nos gardes. »

Les visiteuses s'installèrent à l'intérieur de la maisonnette, en veillant à ne rien déranger. Tout était en ordre, à l'exception de la vaisselle du petit déjeuner qui, sur l'évier, attendait d'être lavée.

« Nous savons au moins que M. Chappée était ici ce matin », observa Alice.

Elle s'interrompit brusquement pour prêter l'oreille.

« Qu'y a-t-il ? » demanda Marion avec inquiétude.

Alice attendit un instant avant de répondre :

« Ce n'était sans doute rien », dit-elle enfin.

Elle tenait avant tout à ne pas alerter inutilement ses amies, mais elle était certaine d'avoir perçu un bruit insolite qui semblait venir de la cave.

« Moi, je n'ai rien entendu, assura Marion. C'était au moins... »

Elle s'arrêta net, le souffle coupé par la surprise : une plainte sourde montait du plancher, à l'endroit même où elle se tenait.

« Qu'est-ce que c'était ? demanda Bess, frissonnante.

Elles écoutèrent encore. Au bout d'un instant, leur parvint de nouveau le même bruit étrange.

« C'est un fantôme, balbutia Bess, claquant des dents.

— Les fantômes, cela n'existe pas », répliqua Alice fermement. Il lui fallut néanmoins rassembler tout son courage pour ajouter : « D'ailleurs, je vais descendre à la cave et voir ce qui s'y passe ! »

Bess et Marion s'efforcèrent de la dissuader de son projet.

« Tu ne sais pas ce qu'il peut y avoir dans cette cave, murmura Bess, épouvantée. Pourquoi risquer ta vie !

— Ne craignez rien, dit Alice. S'il arrivait quelque chose, vous n'auriez qu'à appeler Bill à la rescousse.

— Si nous allions le chercher tout de suite ? offrit Marion.

— Non, il faut que quelqu'un reste dehors pour faire le guet », déclara Alice.

Courageusement, elle souleva la trappe qui donnait accès au sous-sol et se pencha par l'ouverture béante. L'obscurité y était complète.

« Si j'avais seulement une lampe... », murmura-t-elle, tout en descendant les marches avec précaution.

Restées en haut de l'escalier, Bess et Marion n'entendirent pas la fin de la phrase perdue dans le gouffre noir où leur amie s'enfonçait.

Tout à coup, des bruits étranges parvinrent à leurs oreilles. Les jeunes filles se blottirent contre le mur, redoutant le pire. Mais elles n'avaient pas eu le temps de se remettre de leur frayeur qu'Alice reparut, tenant dans ses bras un chat tigré. L'animal roulait des yeux terrifiés. Lorsqu'elles comprirent la raison du remue-ménage qu'elles avaient entendu, Bess et Marion éclatèrent de rire, rassurées.

« Je vous présente le fantôme qui hantait la cave », dit Alice en riant.

Elle referma la trappe. Le chat semblait à présent satisfait du nouveau décor qui l'entourait et, sans se soucier davantage des jeunes filles, il se dirigea paisiblement vers le coin de l'âtre. Là, il se coucha en rond puis s'endormit sans plus de façons.

« Tout de même on a peine à croire qu'un petit chat comme celui-ci puisse faire tant de vacarme, ajouta-t-elle. Heureusement que nous n'avons pas appelé Bill au secours. Il se serait bien moqué de nous! »

Les jeunes filles se rassirent afin d'attendre le retour de Pierre Chappée. La pendule sur la cheminée sonna cinq heures et en même temps que tinta le dernier coup, une plainte déchirante s'éleva du sous-sol. Alice et ses amies se dressèrent d'un bond.

« Cette fois, ce n'est pas le chat ! » fit Marion à voix basse.

Bess se cramponna au bras de son amie, en tremblant de tous ses membres.

« Il faut que je tire cela au clair », dit Alice avec décision.

Mais avant qu'elle n'ait eu le temps de faire un geste, un fracas épouvantable retentit dans la cave.

Cette fois, Alice se précipita au-dehors.

« Bill ! venez vite ! » s'écria-t-elle.

Son appel demeura sans réponse. Le guide avait disparu. Alors, Alice revint en toute hâte auprès de ses amies et aida Marion à conduire Bess terrifiée dans la clairière. Quand la jeune fille fut au grand air, elle ne tarda pas à se ressaisir, mais son visage gardait une pâleur impressionnante.

« Prenons le canoë et sauvons-nous d'ici le plus vite possible, supplia-t-elle.

— Non, Bess, dit Alice fermement. Nous ne pouvons laisser Bill. »

La disparition du guide lui semblait étrange. Il fallait pourtant espérer que Bill ne leur avait pas tout simplement faussé compagnie !

Alice tourna la tête vers le lac. Le soleil était encore assez haut dans le ciel, mais les bois commençaient à s'assombrir. La perspective de se trouver seule avec ses amies dans la maisonnette de Pierre Chappée, la nuit venue, n'était nullement engageante, et, malgré son intrépidité habituelle, Alice elle-même ne se sentait pas rassurée.

Elle considéra la maisonnette, perplexe. Il y avait là un mystère et il semblait à la jeune fille

qu'on l'eût mise au défi d'en trouver la clef. Marion devina la pensée de son amie.

« Tu ne vas pas retourner là-bas ! s'écria-t-elle.

— Chut, écoutez ! » souffla Bess.

La plainte qui avait épouvanté les trois amies s'éleva de nouveau. Résolument, Alice pénétra dans la maison. Bess et Marion l'y suivirent à regret.

« Attendez-moi en haut de l'escalier, dit Alice. Il faut que j'explore cette cave. »

Elle descendit les marches avec précaution. Il faisait si sombre qu'elle ne pouvait rien distinguer devant elle. Elle se dirigeait donc en suivant le mur à tâtons, l'oreille tendue, attentive à saisir le moindre bruit.

Soudain, elle buta contre un objet qui se déroba brusquement. On entendit un miaulement désespéré, et Alice, perdant son équilibre, s'affala de tout son long sur le sol humide de la cave.

« Alice ! Alice ! hurla Bess terrifiée.

— Ne t'inquiète pas, ce n'est rien de grave », dit Alice, en se relevant, un peu ébranlée tout de même par sa mésaventure. « Je viens de marcher sur un deuxième chat, voilà tout.

— Fais attention, je t'en prie », recommanda Marion d'une voix inquiète.

Alice l'entendit à peine, car son attention venait d'être accaparée par un bruit étrange : on eût dit celui d'une respiration régulière. Puis il y eut un gémissement, étouffé, qui semblait venir du fond de la cave.

Rassemblant son courage, la jeune fille s'avança dans cette direction et explora le mur à tâtons. Ses doigts découvrirent une porte qu'elle essaya d'ouvrir, mais en vain. Elle chercha la serrure, tourna la clef qui, par bonheur, s'y trouvait. Le battant s'entrebâilla, et Alice passa la tête à l'intérieur du réduit, vaguement éclairé par un soupirail minuscule. Elle ne vit rien tout d'abord, mais peu à peu son regard distingua la masse confuse d'un corps gisant sur le sol...

« Bess, Marion, venez vite! s'écria-t-elle. Je crois que le pauvre M. Chappée est blessé! »

Les deux jeunes filles accoururent. Stupéfaites, elles découvrirent à leur tour l'homme étendu de tout son long, bâillonné et étroitement ligoté.

« Allez me chercher un couteau pour trancher ses liens », ordonna Alice.

Marion s'empressa de remonter à la cuisine, tandis que ses compagnes débarrassaient le prisonnier de son bâillon. Quelques instants plus tard, l'homme était libre.

« Pouvez-vous marcher? » demanda anxieusement Alice, tandis qu'avec ses amies, elle aidait le prisonnier à se remettre sur ses pieds.

« Je crois que ça ira », répondit-il avec effort.

Soutenu par les jeunes filles, il parvint à gravir l'escalier qui montait à la cuisine.

« De l'eau, par pitié », murmura-t-il.

Bess s'empressa d'accéder à sa requête. Il but à longs traits puis regarda les jeunes filles avec gratitude.

« Je me sens bien mieux à présent », dit-il.

Cependant, Alice n'avait cessé d'observer son visage.

« Vous n'êtes certainement pas la personne que nous étions venues voir ici, déclara-t-elle.

Vous êtes beaucoup trop jeune : Pierre Chappée est...

— J'habite les environs, expliqua l'homme. J'ai rencontré dans la forêt deux inconnus qui m'ont demandé le chemin pour venir ici. Comme ils ne m'inspiraient aucune confiance, j'ai tenu à les accompagner. Mais en arrivant ils m'ont sauté dessus, et enfermé dans la cave. Si vous n'étiez pas venues, j'aurais pu mourir de faim au fond de ce cachot.

— Vous avez certainement eu affaire à Nivès et à Muller, conclut Alice. Pourriez-vous nous décrire vos deux assaillants ? »

Rapidement, l'homme brossa le portrait des individus dont il avait été la victime.

« Ils méritent d'être arrêtés, s'écria Marion avec indignation. En rentrant au lac Wellington, il faudra que nous alertions la police ! »

A ces mots, le chercheur d'or se rembrunit.

« Non. S'ils devaient passer en justice, cela m'obligerait à me présenter devant le tribunal comme témoin à charge, et je n'y tiens nullement. Je préfère régler cette affaire-là moi-même... »

Alice écoutait en silence. Mais ses amies remarquèrent qu'elle continuait à dévisager l'homme avec une insistance surprenante. En fait, la jeune fille était de plus en plus intriguée. Le prisonnier lui rappelait quelqu'un, mais qui ? C'est en vain qu'elle fouillait sa mémoire : où avait-elle déjà vu cet homme ?

Tout à coup, elle trouva la réponse. Et, le cœur battant, mais en essayant de dissimuler son émotion, Alice se tourna vers l'homme :

« Ne seriez-vous pas par hasard Charles Renny ? » demanda-t-elle.

Chapitre 11

La disparition de Bill

L'homme regarda Alice, stupéfait. L'espace d'un instant, la jeune fille crut qu'il allait dissimuler son identité, mais il approuva d'un signe de tête.

« Oui, dit-il, comme à regret, je suis bien Charles Renny. Comment le savez-vous ?

— Votre mère m'avait confié une photographie de vous, expliqua Alice. Et puis, j'ai fait la connaissance d'Annie Chapelle, et elle m'a dit quel était son vrai nom : Anne Chappée... »

A ces mots, l'homme blêmit.

« Vous avez vu Annette ? » questionna-t-il, la voix sourde. Il saisit le bras d'Alice et le serra avec une telle force que la jeune fille faillit pousser un cri.

« Ainsi, elle est encore vivante ?

— Bien sûr. Mais elle vient d'être gravement

blessée dans une catastrophe de chemin de fer. Pendant plusieurs jours, les médecins ont désespéré de la sauver. Elle va mieux à présent, bien que tout danger ne soit pas encore écarté.

— Ma pauvre Annette! Si je pouvais seulement aller auprès d'elle...

— Cela vous serait-il impossible? demanda Alice, l'air surpris.

— Non, bien sûr, mais je crains fort qu'Annette n'ait aucune envie de me voir.

— Je suis persuadée du contraire», assura Alice.

Charles Renny secoua la tête avec tristesse.

«Comme je voudrais vous croire... Malheureusement je ne le puis pas.

— Pourquoi donc? questionna Alice, de plus en plus intriguée. Vos sentiments à l'égard de Mlle Chappée auraient-ils changé?»

La jeune fille n'était pas sans inquiétude. Elle se remémorait ce que lui avait dit la blessée au sujet du message déposé dans le vieux chêne. S'il était vrai que Charles Renny avait délibérément négligé de venir au rendez-vous, peut-être, aujourd'hui, tenait-il tout autant à conserver son indépendance.

«Non, mademoiselle, mon affection pour Annette est restée la même, répondit l'homme d'un ton sincère. Je l'ai toujours aimée et l'aimerai toujours.

— Mais alors, pourquoi n'iriez-vous pas la rejoindre?

— Vous ne comprenez pas ce que je veux dire... Que pourrais-je offrir à Annette? Je ne suis, hélas! qu'un pauvre chercheur d'or. Je ne possède rien, je vis comme un sauvage.

— Est-ce ici que vous vivez depuis ? demanda Alice.

— Non. J'ai voyagé un peu partout, de l'Atlantique au Pacifique. J'ai séjourné dans presque tous les Etats, sans me fixer nulle part. Et puis, de temps à autre, je vais voir mes parents. Mais il y a dans cette forêt quelque chose qui m'attire et m'y ramène toujours. Peut-être est-ce parce que j'y ai connu Annette. »

Il y eut un silence. Soudain, l'homme reprit avec une brusquerie qui tendait à masquer son émotion :

« Après ma démobilisation, j'ai appris, je ne sais plus comment, qu'Annette était morte. Et jusqu'à aujourd'hui, je n'ai jamais soupçonné qu'elle pût être encore de ce monde...

— Pourquoi n'avez-vous pas répondu à la lettre qu'Annette avait déposée dans le vieux chêne ? » demanda soudain Alice.

Charles Renny eut un rire bref.

« Ne me parlez pas de cette lettre. Il y a des années que je cherche à l'oublier, dit-il.

— Enfin, pourquoi n'êtes-vous pas venu au rendez-vous que vous fixait Annette ? insista Alice, que l'impatience commençait à gagner.

— Quel rendez-vous ? Il n'en était nullement question dans la lettre.

— Comment ? vous deviez rejoindre votre fiancée dans une petite ville à la frontière de l'Etat !

— Cela est faux. Annette ne m'écrivait que quelques mots, très secs. Je les vois encore : "J'ai changé d'avis : je préfère rester ici avec mon grand-père plutôt que d'aller me marier avec vous !"

— Mais jamais de la vie ! protesta Alice, suffoquée. Ce n'est pas du tout ce que m'a dit Anne Chappée. Quelqu'un a dû vouloir vous jouer un tour : la vraie lettre aura été remplacée par une autre ! »

La jeune fille répéta alors le récit qu'Annie Chapelle lui avait fait à l'hôpital. Charles Renny l'écouta, visiblement en proie à une profonde émotion.

« Je ne puis comprendre ce qui s'est passé, murmura-t-il quand Alice eut fini de parler. Si j'étais sûr qu'Annette m'attende encore, après tant d'années écoulées, je courrais la rejoindre. »

La jeune fille garda un instant le silence, puis elle reprit :

« Voyez-vous souvent Pierre Chappée, son grand-père ?

— Oui. Seulement il ignore qui je suis. Depuis qu'Annette s'est enfuie de chez lui, il vit en ermite. Il avait élevé sa petite-fille sévèrement, avec une poigne de fer, mais il l'aimait tendrement. A présent, il ne sort plus guère de sa maison, et il n'a que des chats pour lui tenir compagnie.

— Je sais », fit Alice en souriant. Et, frottant son coude meurtri par la chute qu'elle avait faite dans la cave : « J'ai déjà rencontré deux de ces petites bêtes, continua-t-elle. Au fait, savez-vous quand M. Chappée doit rentrer chez lui ?

— Je n'en ai aucune idée. Et, ma foi, l'on dirait bien à présent qu'il ne sera pas de retour avant demain. »

Les jeunes filles prirent un air soucieux.

« Qu'allons-nous faire ? murmura Marion.

Notre guide a disparu. Nous voici perdues dans les bois.

— Qui vous a conduites jusqu'ici ?

— Bill Atkins.

— C'est étrange. Bill est le guide le plus consciencieux que je connaisse dans toute la région.

— Je ne puis comprendre ce qui s'est passé, reconnut Alice. Nous avons un peu de matériel de camping, évidemment, mais bien insuffisant, pour passer la nuit en forêt. »

Cependant, le soleil baissait et l'ombre allongée des arbres s'étirait sur le lac. La nuit ne tarderait plus guère à tomber.

« Je me demande s'il est bien nécessaire que nous attendions davantage, fit Charles Renny. Je vais vous conduire au village le plus proche.

— Je crois en effet qu'il vaudrait mieux nous en aller », convint Alice.

Après avoir laissé une note à l'intention de Bill pour le cas où il reviendrait, les jeunes filles suivirent Charles Renny. On s'engagea dans le sous-bois et, après quelques minutes de trajet, on arriva au bord d'une petite rivière rapide. L'homme tira à lui une embarcation robuste qui était dissimulée sous les basses branches d'un arbre.

« C'est par ici le chemin le plus court », déclara-t-il en aidant ses compagnes à s'installer dans le canot.

Cependant, Alice ne s'éloignait qu'à regret, car elle n'avait pu réaliser aucun de ses projets, n'ayant pas plus réussi à rencontrer Pierre Chappée qu'à visiter sa propriété. Tandis qu'ils descendaient le cours d'eau, en manœuvrant habilement pour éviter les rochers et les arbres morts qui encombraient son lit, elle questionna le chercheur d'or sur les possibilités qu'offrait la prospection du sous-sol dans la région. Puis, voyant que Renny lui répondait volontiers, elle lui raconta l'histoire de son terrain. Elle lui donna ensuite les renseignements qu'elle possédait sur l'emplacement de celui-ci.

« Ce n'est pas très loin d'ici, déclara Renny, mais le site est d'un accès assez difficile, au cœur de la forêt. Quel dommage que vous n'ayez pu profiter de votre excursion pour y aller.

— A vrai dire, c'est ce que je comptais faire, convint Alice. Et je suis assez déçue de devoir y renoncer. »

Renny lâcha ses avirons afin de réfléchir à la situation.

« Dans ces conditions, pourquoi ne pas faire demi-tour, proposa-t-il au bout d'un instant. Je connais non loin d'ici un trappeur et sa femme, les Samson. Ils ne demanderaient sans doute pas mieux que de vous héberger pour la nuit. Et demain matin, vous pourriez aller reconnaître votre terrain.

— Oh oui ! quelle bonne idée ! s'écria Marion avec enthousiasme. Après tout, quand nous avons décidé de venir au Canada, nous étions prêtes à affronter n'importe quelles aventures, n'est-ce pas ?

— Et puis, nous savons que Mme Donnelly ne sera pas inquiète. Elle comptait que notre absence pourrait durer plusieurs jours, ajouta Bess.

— Je ne puis plus tenir en place, tellement j'ai hâte de voir mon terrain, s'écria Alice, impatiente. Et puis, imaginez qu'il s'y trouve peut-être de l'or : ce serait magnifique!

— C'est là l'espoir qui fait vivre tous les prospecteurs, dit Renny en souriant. Mais je ne vous cacherai pas que votre morceau de forêt m'inspire grande confiance : j'ai déjà trouvé plusieurs pépites dans le ruisseau des Sables, qui, justement, traverse votre terrain, et je vous assure qu'elles étaient de belle taille.

— Moi, j'aimerais bien voir une pépite», fit Bess.

Comme l'embarcation filait à présent sur une eau plus tranquille, Charles Renny immobilisa ses avirons. Puis il tira de sa poche un sachet de cuir qu'il tendit à la jeune fille. Impressionnée, Bess en sortit plusieurs petites masses d'or qu'elle fit rouler dans le creux de sa main.

«Je croyais que cela brillait davantage», dit-elle.

Renny se mit à rire.

«Telles quelles, ces pépites n'ont peut-être pas à vos yeux l'aspect de l'or, dit-il, mais croyez-moi, elles en sont tout de même...»

Il faisait complètement nuit quand le prospecteur échoua le canot au fond d'une petite crique, puis l'amarra au rivage. Non loin de là, à travers les arbres, les jeunes filles virent briller une lumière. Charles Renny les guida jusqu'à la cabane de rondins dont elles apercevaient la fenêtre éclairée. Quand il eut frappé à la porte, une femme vint ouvrir. Elle lui fit un accueil chaleureux en l'appelant d'un nom qu'Alice et ses amies ne connaissaient pas.

«Entrez, dit-elle en voyant les arrivantes. Ce n'est pas souvent que nous recevons des visites, aussi nous causent-elles toujours un grand plaisir.»

En vérité, les braves gens semblaient prendre une joie extrême à la compagnie des jeunes filles et ils leur posèrent d'innombrables questions sur la ville qu'elles habitaient et la vie que l'on y menait. Après le dîner, on lava la vaisselle, puis le trappeur prit son banjo et se mit à jouer de vieux airs du pays.

«Nos garçons ne vont pas tarder à rentrer, dit Mme Samson à Alice. Hervé est allé au comptoir chercher notre provision d'épicerie pour le mois. Quant à Jacques, il est à la pêche.»

Tout en parlant, la femme s'approcha de la fenêtre et jeta un coup d'œil au-dehors. Ses fils s'attardaient, et l'inquiétude commençait à la gagner.

«Je me demande ce qui a pu retarder Jacques, reprit-elle. Il fait trop sombre à présent pour qu'il puisse encore pêcher.»

Dix minutes plus tard, on entendit des pas s'approcher. La porte s'ouvrit brusquement et un jeune homme, revêtu de la solide tenue des bûcherons, pénétra dans la pièce, courbé sous le poids de l'homme qu'il portait sur son dos.

«Jacques! s'écria Mme Samson, se précipitant vers lui. Qu'est-il arrivé?

— Je l'ai trouvé sur le sentier», dit-il à sa mère, haletant. Il déposa son fardeau sur un lit au fond de la salle. «Il est gravement blessé.»

Alice s'approcha pour dévisager l'inconnu. C'était le guide, Bill Atkins!

Chapitre 12
Les imposteurs

Comme Alice se penchait sur lui, Bill commença à s'agiter.

«C'est Tom Muller qui a fait le coup, marmonna-t-il. Mais je lui revaudrai cela.»

Mme Samson courut chercher une cuvette d'eau afin de bassiner la plaie que le guide portait au cou. Il avait aussi une énorme bosse sur le crâne. Alice en conclut qu'on l'avait attaqué par derrière et assommé d'un coup de gourdin.

«Je ne pense pas qu'il soit très gravement touché, déclara Charles Renny, lorsque Mme Samson eut terminé. Avec une bonne nuit de sommeil, les choses s'arrangeront et demain matin, il sera sur pied.

— Sinon, j'irai chercher un médecin», dit Jacques.

Le lendemain, le blessé allait beaucoup mieux, sans toutefois être en état d'affronter les fatigues d'un long trajet en forêt.

Bien qu'Alice répugnât à l'abandonner, elle convenait qu'il ne pouvait être en meilleures mains que celles du trappeur et de sa femme. De sorte qu'il n'y avait pas d'autre parti à prendre que de s'en aller inspecter ce fameux terrain dont elle était propriétaire. M. Samson mit à la disposition des jeunes filles d'excellents chevaux de selle, tandis que sa femme leur préparait un repas froid.

« Vous n'aurez rien à craindre avec votre nouveau guide », dit-elle à Alice, et, désignant Charles Renny, d'un sourire, elle assura : « Personne ici ne connaît mieux la forêt que lui. »

Enfin, ils se mirent en route et s'engagèrent en file indienne sur un sentier escarpé et rocailleux. En cours de route, ils rencontrèrent plusieurs ruisseaux et s'y arrêtèrent pour désaltérer leurs montures.

Ils déjeunèrent près d'une cascade, puis reprirent l'ascension. Une heure plus tard, Renny, qui était en tête, s'arrêta pour attendre les jeunes filles. Ensuite, d'un geste large, il montra la partie de la forêt qui s'étendait devant eux, en contrebas. Et, s'adressant à Alice :

« Voici votre terre, mademoiselle », annonça-t-il.

Emue, Alice promena son regard sur le vaste domaine.

« Comment, tout cela serait-il vraiment à moi ? murmura-t-elle, stupéfaite.

— Le terrain est très bon marché par ici, expliqua Renny en souriant. Mais croyez-moi, il n'y en a plus pour très longtemps, surtout si l'on y trouve de l'or.

— Mon Dieu, j'ai l'impression d'être un seigneur d'autrefois en train de contempler l'étendue de son fief, reprit Alice. Cela ne manque pas de charme ! »

Ils descendirent la pente qui s'abaissait vers la propriété de la jeune fille, et firent halte au bord du ruisseau des Sables. Là, ils attachèrent les chevaux.

« Eh bien, si vous voulez, nous allons tamiser un peu de sable dans le ruisseau, offrit Renny. J'ai le matériel nécessaire.

— Et vous me donnerez la première pépite », s'écria gaiement Marion.

Les jeunes filles regardèrent le prospecteur laver et trier le gravier. Au début, cela leur parut passionnant, mais à mesure que se prolongeait l'opération, elles se lassèrent de sa monotonie.

« Cela n'a pas l'air de vouloir donner grand-chose », remarqua Bess, découragée.

Au même instant, on vit Renny ramasser un petit objet et le lancer à Alice.

« Tenez, voici votre première pépite, annonça-t-il. Elle n'est pas grosse, mais c'est de l'or. »

La découverte provoqua l'enthousiasme et ce fut à qui emprunterait le matériel de Renny afin de prospecter à son tour. Alice découvrit une seconde pépite, de la même taille que la première, et Marion une autre, légèrement plus petite.

Cependant, Charles Renny s'était éloigné pour mieux poursuivre ses recherches. Au bout d'un moment, les jeunes filles le rejoignirent. Armé d'une pioche, il creusait le sol.

Quand Alice s'arrêta auprès de lui, il releva la tête et dit :

« Je crois, mademoiselle, qu'en fin de compte, votre terrain pourrait bien tenir ses promesses... Les pépites du ruisseau n'ont pas grande valeur, mais ici, j'ai l'impression d'être sur un filon. Si vous voulez, je pourrais revenir faire une prospection sérieuse. »

Avant qu'Alice ait pu le remercier de son offre, on entendit tout à coup un vrombissement dans le ciel. La jeune fille leva la tête et aperçut un avion qui semblait décrire un cercle au-dessus d'une vaste clairière, peu éloignée de l'endroit où elle se trouvait avec ses compagnons.

« Mais on dirait qu'il va atterrir ! » s'écria-t-elle.

L'avion vint en effet se poser dans la clairière, et continua à rouler quelques instants en cahotant sur le sol inégal. Renny et les jeunes filles se précipitèrent ; mais déjà deux hommes sautaient à bas de la carlingue.

« Que faites-vous ici ? C'est une propriété privée ! » s'écria l'un d'eux violemment, s'adressant à Charles Renny.

« Ce terrain m'appartient, répondit Alice avec fermeté.

— Votre affirmation est ridicule, riposta le second individu. C'est moi qui suis le propriétaire et je vous somme de vider les lieux sur-le-champ ! »

Epouvantées, Bess et Marion commencèrent à battre en retraite. Mais Alice et Charles Renny ne bougèrent pas d'un pouce.

« Vous n'êtes que des imposteurs ! s'exclama

Renny avec colère. Ce n'est pas la première fois que je rencontre des filous de votre espèce.»

Mais les deux arrivants avaient tourné les talons et, sans plus se soucier d'Alice et de ses compagnons, commençaient à planter des jalons et à tirer le cordeau pour préparer une fouille. Ils avaient justement choisi le revers du talus où Renny avait lui-même creusé.

«J'aurais bien dû me méfier, reprit le prospecteur d'une voix menaçante. Voleurs!»

C'eût été là sans aucun doute le signal d'une bagarre si un nouvel incident n'était survenu qui fit diversion. Un nouvel avion rôdait à son tour au-dessus de la clairière. Tous les regards se tournèrent vers lui tandis qu'il manœuvrait pour atterrir auprès du premier. A peine s'était-il immobilisé au sol que plusieurs hommes en sortirent et se mirent à décharger du matériel de prospection et de terrassement.

«Inutile d'insister, dit Alice à Charles Renny. Ces gens sont bien décidés à me voler et comment pourrions-nous les en empêcher? Ils ont l'avantage du nombre.»

La jeune fille ne doutait pas un instant que Muller et Nivès ne fussent à l'origine des machinations qui avaient abouti à la déposséder d'un terrain aurifère de valeur certaine. C'était la raison pour laquelle les deux chenapans avaient tenté d'atteindre le site avant elle.

Cependant l'un des imposteurs, qui se faisait appeler M. Georges par les autres, s'avançait à présent vers les jeunes filles.

«Je vous interdis de traîner ici plus longtemps, dit-il brutalement. Cette concession appartient à la Terre Jaune.

— Qu'est-ce que c'est que cela? Le nom d'une société anonyme ou bien celui d'une fièvre maligne? demanda Marion d'un ton sarcastique.

— C'est une société d'exploitation minière, jeune dame, répondit l'homme, insensible à l'ironie. Et maintenant, si vous ne voulez pas avoir d'ennuis, filez!»

D'un signe, Alice fit comprendre à ses compagnons qu'elle abandonnait la partie, et le petit groupe s'apprêta à quitter la clairière.

Cependant la jeune fille ne se tenait nullement pour battue. Dès le moment où elle avait vu atterrir le second avion, un plan audacieux s'était formé dans son esprit. Aussi, jetant d'abord un rapide coup d'œil derrière elle pour s'assurer que M. Georges et ses hommes ne l'observaient pas, elle se dirigea vers l'appareil le plus proche et s'adressa au pilote :

«Ces gens avaient-ils loué vos services pour se faire amener ici? demanda-t-elle.

— Oui, mademoiselle, répliqua l'aviateur d'un ton furieux. J'ai fait marché avec celui qu'ils appellent M. Georges. Mais il s'était bien gardé de me dire qu'il faudrait atterrir en plein bois, ce qui ne l'a pas empêché de marchander sur le prix de la course!

— Etait-il entendu avec lui que vous deviez l'attendre sur place?

— Non, mais il devait naturellement compter que je le ferais. Pourquoi me demandez-vous cela?

— Parce qu'il me faut regagner Wellington au plus vite, expliqua Alice. Ces hommes sont des malfaiteurs : ils sont en train de me voler ma concession. Je veux télégraphier immédiatement à mon père afin qu'il porte plainte. Consentiriez-vous à m'emmener avec mes deux amies ? »

Le pilote ne prit qu'un instant pour réfléchir.

« Marché conclu », fit-il. Et, ouvrant la carlingue : « Vite, montez, nous partons ! »

Alice se retourna vers Charles Renny pour lui dire au revoir. Mais à sa grande surprise, le prospecteur annonça son intention de partir aussi.

« J'ai décidé de rejoindre Annette, déclara-t-il. Depuis ce matin, je ne fais que penser à cela. Quand bien même elle n'aurait plus d'affection pour moi, je ne puis me résigner à la savoir toute seule dans un hôpital.

— Comme je suis contente ! » s'exclama Alice, les yeux brillants de joie.

Tout le monde s'installa dans l'avion et le pilote lança l'hélice.

M. Georges et ses hommes ne se rendirent compte de la situation qu'en entendant le vacarme du moteur. Il y eut alors des cris de surprise et de rage, et tout le groupe se précipita vers l'appareil qui, malgré l'exiguïté du terrain, fit rapidement demi-tour et s'élança à toute vitesse sur l'espace découvert.

Mais le pilote était tellement absorbé par la difficulté de sa manœuvre qu'il ne vit qu'au dernier moment un nouveau personnage sortir du taillis et courir à la rencontre de son appareil.

« Arrêtez, arrêtez ! » hurlait-il en agitant les bras.

Alice faillit s'évanouir d'émotion en songeant à la catastrophe qui ne pouvait manquer de se produire.

« C'est Tom Muller, il va se faire tuer ! »

Le désastre ne fut évité que de justesse : à la dernière seconde, l'appareil décolla et frôla à quelques centimètres la cime des pins qui bordaient l'extrémité de la clairière.

« Bigre, lança Renny, le souffle coupé. Il s'en est fallu d'un cheveu !

— Non seulement pour nous, mais aussi pour Tom Muller », ajouta Alice, regardant par le hublot.

La jeune fille était impatiente d'atteindre un bureau de poste afin d'informer son père de ce qui s'était passé. Elle comptait également lui demander de s'adresser à l'Association organisatrice du concours radiophonique. James Roy n'aurait certainement aucune difficulté à obtenir confirmation des droits de sa fille sur le terrain.

A Wellington, Alice mit Mme Donnelly au courant des dernières aventures et télégraphia à son père.

« Je vais envoyer une dépêche à Annette pour l'avertir de mon arrivée, annonça Charles Renny.

— Vous avez raison, dit Alice. Autrement, l'émotion qu'elle éprouvera à vous revoir risquerait d'être trop forte pour elle. Et puis, si vous voulez, nous allons tous prendre l'avion pour nous rendre là-bas avec vous, ajouta-t-elle. Soyons prêts à partir dans une demi-heure. »

Tandis que les jeunes filles se préparaient en toute hâte, Renny s'éclipsait pour entrer chez un coiffeur. A l'heure dite, il attendait les voyageuses au terrain d'aviation, mais elles eurent de la peine à le reconnaître.

« Ma parole, vous avez fait couper votre barbe ! s'exclama Bess, stupéfaite.

— Comme cela vous rajeunit ! » renchérit Marion, d'un ton plein d'admiration.

Durant le trajet du lac Wellington à Norton, les jeunes filles ne se lassèrent pas d'observer Charles Renny à la dérobée. Le prospecteur ne parlait guère. Tourné vers son hublot, il contemplait rêveusement le spectacle étalé au-dessous de lui.

L'avion atterrit bientôt sur un petit terrain situé à proximité de Norton, et ils prirent un taxi pour gagner l'hôpital de Bonne-Espérance. Charles Renny manifestait une nervosité croissante.

« Pourvu qu'il ne soit rien arrivé à Annette, murmura-t-il. Je n'y pourrais survivre. »

Mais des nouvelles rassurantes attendaient le groupe à l'hôpital. Quand Alice s'informa de l'état de la romancière, elle apprit qu'il s'était progressivement amélioré depuis l'opération.

« Pourrais-je la voir ? » demanda Renny, bouillant d'impatience.

Le télégramme expédié du lac Wellington avait heureusement préparé la jeune femme à la visite de son fiancé d'autrefois. Son agitation était un peu tombée, mais l'expression de son visage disait assez la joie qu'elle ressentit en voyant Renny pénétrer dans sa chambre.

« Charlie ! s'écria-t-elle.

— Annette, pourras-tu jamais me pardonner ? s'exclama-t-il.

— Ma petite Alice, c'est à vous que je dois ce grand bonheur », dit la romancière, quand la jeune fille entra à son tour, suivie de Bess et de Marion. « Toute ma vie, je vous en serai reconnaissante. »

Un peu plus tard, une infirmière vint rappeler aux visiteurs qu'ils ne devaient pas rester trop longtemps auprès de la malade.

En sortant de la chambre, Charles Renny dit à Alice gravement :

« Nous savons à présent, Annette et moi, que notre séparation a été provoquée par un épouvantable malentendu. La lettre déposée à mon intention dans le vieux chêne a dû être remplacée par une autre. Comment et par qui? Je l'ignore, mais, sapristi! je donnerais cher pour le savoir!

— Peut-être parviendrons-nous à le découvrir », fit Alice.

Comme les visiteurs se dirigeaient vers la sortie, une femme de chambre prévint Alice qu'on la demandait au téléphone.

« C'était Mme Donnelly! annonça-t-elle joyeusement à son retour. Papa vient nous rejoindre! Il doit déjà être dans l'avion. Il a l'air aussi furieux que moi de ce qui s'est passé au sujet de mon terrain!

— Il a décidé de faire le voyage tout exprès? demanda Bess.

— Non, pas exactement, car il va profiter de sa présence dans la région pour recueillir certains renseignements sur le procès de M. Taylor. »

Charles Renny annonça alors son intention d'aller à la Maison-Rouge, chez ses parents. Les jeunes filles décidèrent qu'en revenant de l'aérodrome avec James Roy, elles iraient le rejoindre à la ferme.

Sur le terrain d'aviation, l'attente fut brève, car l'avocat avait pris l'avion quelques instants après avoir appelé Wellington. Dès que la porte de la carlingue s'ouvrit, Alice courut à la rencontre de son père.

« Oh! papa, comme je suis contente que tu sois venu! s'écria-t-elle. Il va falloir déployer tout ton talent pour confondre ces imposteurs.

— C'est probable, en effet, répondit James Roy gravement. Je viens de recevoir d'autres nouvelles...

— Et je parie qu'elles sont mauvaises!

— Certes. » L'avocat tendit à sa fille un papier. « Tiens, dit-il, lis cette dépêche que j'ai reçue avant de quitter River City. »

C'était un télégramme de l'Association des fabricants de soies et velours :

IMPOSSIBLE COMPRENDRE SENS VOTRE MESSAGE. MADEMOISELLE ROY A FAIT ABANDON TOUS SES DROITS SUR TERRAIN À SOCIÉTÉ TERRE JAUNE.

Les yeux d'Alice flamboyaient de colère lorsqu'elle rendit la dépêche à son père.

« Quel aplomb! lança-t-elle. Je n'ai jamais cédé mes droits à personne!

— N'aurais-tu pas signé quelque papier? demanda anxieusement James Roy.

— Je n'ai rien signé.

— Alors, on aura imité ta signature. Nous avons affaire à forte partie, mais nous trouverons bien un moyen de confondre ces fripouilles.

— J'ai vu l'un de leurs chefs, dit Alice. Ils l'appellent M. Georges. »

James Roy hocha la tête.

« C'est le directeur de cette fameuse société de la Terre Jaune, déclara-t-il. En réalité, il la représente à lui tout seul, car ses complices lui obéissent au doigt et à l'œil. Tom Muller est l'un d'eux.

— Je m'en doutais, dit Alice, car il m'a suivie jusqu'au lac Wellington. »

A ces mots, le visage de l'avocat s'assombrit.

« Je craignais justement qu'il ne s'en prenne à toi, dit-il, et c'est pour cela que j'ai tout laissé en plan afin de te rejoindre. Avec des vauriens de cette espèce, on peut s'attendre au pire. »

Dans la voiture qui les emmenait à la Maison-Rouge, Alice fit à son père le récit de ce qui s'était passé dans la forêt.

M. et Mme Renny se précipitèrent pour accueillir les visiteurs. Ils entrèrent dans la maison et, les premiers échanges de politesses terminés, la conversation prit un tour plus grave. Comme on évoquait l'affaire du terrain d'Alice, James Roy en vint à parler de M. Georges, le directeur de la société minière. Les yeux de Mme Renny prirent alors une expression étrange.

« M. Georges ! répéta-t-elle.

— Le connaîtriez-vous par hasard ? demanda l'avocat.

— Si nous le connaissons... Cela nous a coûté toutes nos économies, dit le fermier d'un ton brusque. Avec ses beaux discours, il nous a vendu un paquet d'actions sans aucune valeur.

— Et nous avons tout perdu, ajouta sa femme. Il nous a fallu quitter notre maison du Canada, et nous installer ici, pour gagner tout juste de quoi assurer notre subsistance. »

James Roy pria alors le fermier de lui montrer l'une des actions négociées par M. Georges.

« Pourrais-je la conserver quelques jours? demanda-t-il quand il l'eut examinée. Cela me serait fort utile pour appuyer la plainte que je vais déposer contre ces aigrefins.

— Gardez-la aussi longtemps que vous voulez. Elle ne peut nous servir de rien, et je ne comprends même pas pourquoi nous ne l'avons pas encore jetée au feu. »

James Roy et les jeunes filles prirent bientôt congé de leurs hôtes. Charles Renny les accompagna jusqu'à leur voiture, puis, s'adressant à Alice :

« Comptez-vous repartir pour le Canada? questionna-t-il.

— Sans doute, répondit-elle. Viendriez-vous avec nous?

— C'est justement ce dont je voulais vous parler. Dès qu'Annette sera transportable, elle viendra ici terminer sa convalescence.

— Quelle bonne idée! approuva Alice. Elle ne tardera pas à se remettre, grâce aux bons soins de votre mère.

— J'en suis sûr, mais voici ce qui me donne du souci : elle s'inquiète fort au sujet de son grand-père. Aussi lui ai-je promis de retourner au Canada et d'aller le voir.

— Eh bien, vous partirez avec nous, naturellement. »

A ce moment, James Roy, qui avait entendu le dialogue, se tourna vers Charles Renny.

«Je crois que nous sommes tous également impatients de regagner le lac Wellington, dit-il. Dans ces conditions, nous prendrons l'avion dès ce soir. Il n'y a pas une minute à perdre.»

Chapitre 13
Recherches

James Roy avait décidé de déposer une plainte contre la société minière de la Terre Jaune. Pendant le trajet aérien de Norton à Wellington, il confia à Alice qu'il soupçonnait M. Georges et Tom Muller d'avoir trempé indirectement dans une autre affaire louche. Celle des vols de bois commis au préjudice de son client M. Marc Taylor. Aussi comptait-il mener sur place une enquête approfondie.

Quelques minutes plus tard, l'avion se posait au lac Wellington. La route de l'aérodrome passait devant la pension de famille que dirigeait Mme Donnelly. Malgré l'heure tardive, les voyageurs virent les fenêtres encore éclairées et ils décidèrent de s'arrêter.

« Elle va être joliment surprise de nous voir déjà de retour », dit Alice en riant.

Mme Donnelly fermait ses portes quand les voyageurs se présentèrent. En apprenant qu'ils avaient quitté Norton sans prendre le temps de dîner, elle tint à leur préparer une collation. Et tandis qu'ils se restauraient, elle écouta le récit que lui fit Alice des derniers événements de la journée.

« La société minière de la Terre Jaune! s'exclama-t-elle, en entendant la jeune fille citer le nom.

— Vous en avez déjà entendu parler?

— Oui, et dans des circonstances dont j'ai gardé très mauvais souvenir. Figurez-vous que j'avais acheté des actions émises par cette société. J'aurais bien dû me méfier, et j'ai habituellement plus de flair quand il s'agit de placements d'argent... Bref, j'ai tout perdu.

— Vos parts vous avaient-elles été vendues par un certain M. Georges? demanda James Roy.

— Ah non! Ce n'est pas moi qui traiterais des affaires avec cet individu!

— Que savez-vous donc sur son compte?

— Je ne le connais que de réputation, mais cela me suffit. De plus, il est sous-directeur d'une entreprise de coupe et de vente de bois dont l'activité me paraît fort louche.

— Voilà justement le genre de renseignement dont j'avais besoin! s'exclama James Roy, enchanté. Je vous en prie, dites-moi tout ce que vous savez.

— Je ne connais malheureusement pas tous les détails, répondit Mme Donnelly. Mais je puis vous indiquer une personne qui, elle, sera capable de vous fournir une aide précieuse. »

Elle donna le nom et l'adresse d'un avocat de

Norton à James Roy qui se promit de rendre visite à son collègue le plus tôt possible.

Le lendemain matin, quand Alice descendit de sa chambre, elle apprit que son père était déjà sorti.

« Il est allé en ville, annonça Mme Donnelly, mais il sera de retour assez tôt pour prendre son petit déjeuner avec vous. »

A huit heures et demie, cependant, l'avocat n'était pas rentré, et Alice commençait à s'inquiéter.

« S'il tarde encore, il faudra renoncer aux projets que nous avions faits pour aujourd'hui », songea-t-elle.

Au même instant, elle vit son père traverser rapidement le petit jardin qui précédait la maison. Elle courut lui ouvrir la porte.

« Rapportes-tu de bonnes nouvelles ? demanda-t-elle en lui voyant un visage radieux.

— Excellentes. J'ai obtenu la preuve formelle que M. Georges a monté une véritable machination contre Marc Taylor. Les renseignements que j'ai obtenus ce matin permettront certainement à Marc de gagner son procès.

— J'en suis bien contente, dit Alice. Et si, de mon côté, je pouvais rentrer en possession de mon terrain, tout serait pour le mieux.

— Je compte me rendre sur place aujourd'hui et, si M. Georges est à l'ouvrage, j'en profiterai pour avoir une petite conversation avec lui... », annonça James Roy.

Comme l'avocat s'installait à la table de la salle à manger où Mme Donnelly venait de servir le petit déjeuner, Charles Renny lui dit :

« Si vous voulez aller là-bas dès ce matin,

rien n'est plus facile. Je connais aussi bien cette région que n'importe quel guide professionnel. Et comme j'ai un bateau ici sur le lac Wellington, je vous conduirai moi-même au terrain de Mlle Alice.

— J'accepte votre proposition avec reconnaissance, répondit aussitôt James Roy. Quand pouvons-nous partir ?

— Dans un quart d'heure, si cela vous est possible.

— Je serai prêt, promit James Roy.

— Et nous aussi », ajouta Alice, parlant en son nom et en celui de ses camarades.

James Roy prit un air préoccupé.

« C'est que..., commença-t-il, je ne voudrais pas te désappointer, mais...

— Oh ! papa ! s'écria la jeune fille.

— On ne peut savoir comment se terminera cette petite aventure, tu comprends.

— Raison de plus pour vous accompagner ! »

James Roy ne put s'empêcher de sourire.

« Nous avons déjà rencontré M. Georges et pourtant nous en avons réchappé sans dommage, renchérit Bess avec malice. Emmenez-nous, monsieur Roy... »

A un contre trois, le père d'Alice finit par céder.

« Allons, c'est entendu, décida-t-il. Mais je vous préviens que, si les choses se gâtent, je vous renverrai immédiatement ici, sous la garde de Mme Donnelly. »

Les jeunes filles coururent se préparer pour l'expédition. Et lorsque, un peu plus tard, Charles Renny arriva avec son matériel de campement au complet, tout le monde était exact au rendez-vous fixé.

Le prospecteur emprunta le même itinéraire que celui utilisé précédemment par Bill Atkins. Après la traversée du lac Wellington, ce fut le portage, puis le long trajet sur le lac Robinson. L'avocat et Charles Renny ramaient à tour de rôle.

« Nous n'avons pas mis trop longtemps, déclara bientôt le prospecteur, clignant des yeux pour mieux voir au loin. C'est la cabane de Pierre Chappée que l'on aperçoit là-bas. »

Sur la rive au loin, les jeunes filles distinguèrent vaguement la petite maison de rondins. Tout de suite, Alice remarqua qu'aucune fumée ne s'élevait de la cheminée.

« J'espère que cette fois nous trouverons M. Chappée chez lui », dit-elle, l'air perplexe. Et, s'adressant à Charles Renny, elle questionna : « Vous ne pensez pas qu'il ait pu lui arriver un accident, n'est-ce pas ?

— Ce n'est guère dans ses habitudes de s'absenter ainsi plusieurs jours, observa le prospecteur. Et j'avoue que je commence à être inquiet. »

Renny se pencha sur ses avirons pour forcer l'allure. Dix minutes plus tard, ils abordaient sur une grève de sable.

Tandis que les deux hommes tiraient le bateau au sec, les jeunes filles prenaient les devants pour aller voir si M. Chappée était rentré.

Quand Alice, qui précédait ses amies, déboucha dans la clairière, elle s'arrêta net, stupéfaite. La maison était fermée, et ses volets clos, condamnés par des planches clouées en travers!

«Ça, par exemple!» s'exclama-t-elle.

Aussi abasourdies qu'elle, Bess et Marion coururent avertir les hommes de la situation, et ils se hâtèrent de gagner la clairière.

«Je n'y comprends rien, déclara Charles, en examinant les volets. On dirait que Pierre Chappée est revenu pour fermer sa maison. Pourtant, il n'avait pas l'intention de s'absenter de tout l'été...

— Il y a de jeunes semis dans son jardin, dit Alice, et hier, ses placards de cuisine étaient pleins de provisions. Il n'a certainement pas eu le temps de les déménager...

— Tout cela ne me dit rien qui vaille, avoua Charles. A voir la façon dont Nivès et Muller se sont comportés avec moi, je me dis que, si Pierre Chappée s'était mis en travers de leur chemin, ils lui auraient, bien sûr, fait subir le même sort.

— Serait-il possible d'entrer dans la maison afin de nous assurer qu'il n'y est pas enfermé?

— Je vais essayer de soulever les planches qui condamnent la petite fenêtre», décida Charles Renny.

Il n'ouvrit le volet qu'à grand-peine. Puis, tandis que James Roy et les jeunes filles l'attendaient au-dehors, il grimpa par l'ouverture et disparut à l'intérieur. Il revint presque aussitôt.

«Tout est exactement tel que nous l'avons laissé, annonça-t-il. Et M. Chappée n'est pas dans la maison.»

Il ferma le volet et recloua les planches avec soin.

« Il ne nous reste plus qu'à nous en aller, dit Alice, dont la déception était profonde. Pierre Chappée a dû quitter le pays pour de bon. »

Ils regagnèrent la grève en silence. Tandis qu'Alice et ses amies se chargeaient des avirons et du matériel léger, James Roy et Charles Renny portèrent le canot jusqu'à la petite rivière.

Le trajet fut morne jusqu'à la cabane des trappeurs.

« Comment va Bill ? demanda Alice quand Mme Samson vint accueillir ses visiteurs.

— Beaucoup mieux, répondit la femme. Naturellement, il n'est pas encore très solide sur ses jambes. Il vient d'aller rejoindre Jacques dans la grange. Je vais les chercher. »

Mais Mme Samson n'eut pas le temps de franchir le seuil : son fils accourait, affolé.

« J'ai essayé de l'arrêter, mais il m'a échappé, s'écria-t-il. Dieu sait ce qu'il est capable de faire !

— Qui donc ? demanda sa mère, éberluée.

— Bill, pardi ! Il m'a dit qu'il allait rejoindre Tom Muller et lui régler son compte ! »

Il était trop tard pour rattraper le guide. Résolu à se venger de son agresseur, Bill s'était enfoncé au plus épais de la forêt.

« Quel dommage qu'il n'ait pas attendu un peu, dit James Roy. Les policiers ne vont pas tarder à arriver. »

Ces mots furent une surprise pour tout le monde, car l'avocat n'avait pas parlé de sa visite à la police, le matin même, à Wellington. Il y avait reçu l'assurance que des hommes allaient être envoyés immédiatement sur la propriété d'Alice afin d'en chasser les imposteurs.

« Savez-vous combien ils sont ? » demanda Charles Renny.

— Pas beaucoup, je le crains. Et je me demande si nous ne pourrions pas rassembler nous-mêmes quelques volontaires pour grossir le nombre. M. Georges et ses complices sont fort capables de nous opposer une résistance acharnée.

— Je crois que nous pourrions trouver plusieurs bûcherons tout disposés à nous donner un coup de main, dit Renny.

— Je me joindrais au groupe avec plaisir, déclara alors M. Samson. Et lorsqu'il s'agit d'empêcher un mauvais coup, mes deux fils aussi sont toujours prêts.

— J'espère que l'affaire ne dégénérera pas en bataille rangée, répondit James Roy, mais nous devons néanmoins nous attendre à tout. »

Charles Renny partit à cheval afin de rassembler des partisans, tandis qu'Alice et Marion accompagnaient Jacques qui s'en allait aussi chercher du renfort dans une autre direction. Ils revinrent un peu plus tard escortés de plusieurs voisins.

En leur absence un capitaine de la police montée était arrivé avec ses hommes. La cour de la maison et la clairière regorgeaient de cavaliers. Et Charles Renny arriva à son tour en compagnie de nouveaux volontaires.

Tandis que l'on attendait le signal du départ, James Roy rejoignit les jeunes filles qui suivaient la scène au côté de Mme Samson. Alice n'eut aucune peine à deviner de quoi il s'agissait. Et elle prit les devants :

— Oh ! papa, je t'en prie, s'écria-t-elle, laisse-nous t'accompagner. Avec une telle quantité de gardes du corps, tu ne vas pas me dire que nous risquons quelque chose !

— Ecoute, mon petit, cette expédition promet d'être plutôt périlleuse, et il me sera impossible de veiller sur vous trois. Il faudrait que nous puissions garder le contact, et communiquer entre nous dans le cas où nous viendrions à être séparés.

— Je sais ce que nous allons faire, s'écria Alice saisie d'une inspiration subite.

— Quoi donc ?

— Utiliser le vieux chêne !

— Que veux-tu dire ?

— Tu ne peux pas comprendre, répondit Alice, parce que je ne t'en ai encore jamais parlé. Il y a sur les terres de Pierre Chappée un vieil arbre au tronc creux qui serait l'endroit idéal où déposer des messages. Je propose, si l'un de nous se trouve en difficulté, qu'il laisse un mot dans ce chêne. »

James Roy ne parut pas très convaincu.

« Mais je n'ai même jamais vu cet arbre, protesta-t-il. Comment veux-tu que je le trouve ?

— Nous pourrions demander à Charles Renny de te le montrer et aux autres aussi, poursuivit Alice, de plus en plus enthousiasmée par son idée. Il m'a dit tout à l'heure que nous passerions à côté, en allant voir mon terrain.

— Je ne vois pas comment nous pourrions laisser le moindre message sans avoir ni papier, ni crayon », murmura Bess, qui, pas plus que James Roy, ne croyait à l'efficacité du plan proposé par Alice.

Celle-ci courut aussitôt chez Mme Samson afin de lui emprunter les objets nécessaires.

« Je sais bien que je ne vous ai nullement persuadés, dit-elle à son père et à ses amies. Mais vous verrez que mon idée est bonne ! »

La petite troupe se mit en route et s'enfonça dans le sous-bois. Bientôt, Alice gagna du terrain. Comme elle abordait un détour du chemin, elle arrêta net sa monture en apercevant à travers les arbres une forme sombre étendue sur le sol.

Elle avança prudemment sans quitter des yeux la forme tapie dans les buissons. Mais elle ne vit rien bouger.

« Qu'y a-t-il ? » lança James Roy, encore à bonne distance.

Alice sauta à bas de sa selle avant de répondre, et accrocha la bride de sa monture dans le taillis. Puis elle écarta les branches et se faufila dans le sous-bois. Bill Atkins gisait là face contre terre.

« Bill ! » s'exclama-t-elle, effrayée.

Le guide ne broncha pas quand elle voulut le retourner. C'est alors qu'elle s'aperçut que sa chemise était couverte de sang. Saisie d'épouvante, Alice revint sur ses pas en courant, et appela au secours.

« Papa, viens vite ! s'écria-t-elle, Bill est blessé ! » Tous les cavaliers pressèrent leurs montures, et, en arrivant au tournant du chemin, se hâtèrent de mettre pied à terre. L'officier se pencha sur le malheureux.

« Il a reçu un coup de feu », déclara-t-il. Puis il ordonna : « Vite, fouillez le bois ! Il faut retrouver le coupable. »

Il ouvrit sa trousse de pharmacie et se mit à panser la plaie. Puis il banda l'épaule dans laquelle le projectile s'était logé. Comme il terminait, Bill ouvrit les yeux et poussa un gémissement de douleur.

« Il a dû être attaqué par surprise, lança Charles Renny avec colère. Je parierais qu'on lui a tiré dans le dos !

— Est-ce grave ? » demanda Alice au capitaine.

— Je crois qu'il s'en tirera, répliqua-t-il. Seulement, comme il a perdu beaucoup de sang, il ne saurait être question de l'emmener avec nous.

— Peut-être l'un des hommes pourrait-il rester auprès de lui en attendant notre retour ?

— C'est probablement le seul parti à prendre », convint le capitaine.

Il désigna aussitôt l'un des amis du trappeur pour veiller sur le blessé. Avec mille précautions, on transporta celui-ci jusqu'à un endroit plus confortable où on l'installa sur des couvertures. Puis on s'apprêta à repartir.

Il était évident que pour chacun des hommes engagés dans l'expédition l'agression dont Bill avait été victime donnait à la situation une tournure nouvelle. Indignés par la lâcheté de cet attentat, ils avaient hâte de rejoindre et de châtier l'agresseur.

« Je n'aime pas du tout la manière dont s'engage cette affaire, dit James Roy à Alice avec inquiétude. Et je donnerais cher pour te savoir en sûreté chez Mme Samson avec tes amies.

— Il ne faut pas te tourmenter ainsi, papa :

je t'assure que nous ne commettrons aucune imprudence.

— Je l'espère. Il est donc bien entendu que, si les choses tournaient mal et que nous fussions séparés les uns des autres, tes amies et toi déposeriez un message dans le tronc de cet arbre, ce vieux chêne?

— C'est cela. Mais je ne crois vraiment pas que cela devienne nécessaire.»

La petite troupe avançait à bonne allure. Parvenus au sommet d'où Alice avait, pour la première fois, contemplé sa propriété, les cavaliers s'arrêtèrent, attendant les ordres.

Alice, son père et Charles Renny mirent pied à terre et se postèrent à l'endroit où l'on avait la meilleure vue sur ce qui se passait en contrebas. Dans la petite vallée, ils distinguèrent plusieurs hommes occupés à fouiller le sol. Ils creusaient fiévreusement non loin du talus où Charles Renny avait découvert le filon.

«Tenez, voyez donc M. Georges en train de diriger la besogne», annonça le prospecteur d'une voix amère. Et il tendit à Alice les jumelles avec lesquelles il venait d'observer la scène.

«J'imagine que cet aigrefin refusera tout net de laisser notre arpenteur mesurer le terrain, dit James Roy.

— C'est bien probable, convint Charles Renny. Et il ne videra les lieux que s'il y est contraint et forcé.

— Certainement. Toutefois, si nous réussissions à le cerner par surprise, lui et ses hommes, il lui sera difficile d'opposer une grande résistance.

— Nous pouvons aisément descendre dans la vallée sans être vus, déclara Renny ; les buissons sont assez hauts pour former un bon écran. »

Tout en parlant, il montrait du doigt un petit sentier qu'Alice n'avait pas remarqué la première fois qu'elle était venue à cet endroit. Puis James Roy et lui s'en allèrent soumettre leur plan au capitaine et donner les ordres nécessaires.

Comme Alice s'apprêtait à les suivre, elle surprit un léger bruissement dans le taillis auprès duquel s'était tenue leur conversation et elle aperçut soudain un homme qui rampait sous les branches. Il se releva précipitamment et, prenant ses jambes à son cou, s'enfuit en direction de la vallée.

« Un guetteur ! » s'écria Alice. Et elle lança à pleins poumons : « Il va donner l'alarme, arrêtez-le ! Arrêtez-le ! »

Chapitre 14

Alice a une idée

Hélas! il était trop tard pour rejoindre le guetteur : l'homme avait déjà disparu.

Aussi James Roy ordonna-t-il de descendre dans la vallée au grand galop. Sachant qu'il ne lui fallait plus compter sur l'effet de la surprise, il jugeait en effet que toute précaution d'approche était désormais inutile.

Alice bondit en selle et, suivie de ses amies, s'élança sur les traces des cavaliers. Soudain, le cheval de Marion trébucha dans la terre molle et la jeune fille faillit être désarçonnée. Mais elle put heureusement se cramponner à temps et réussit à ne pas vider ses étriers.

M. Georges, averti par sa sentinelle de ce qui se préparait, eut tôt fait de comprendre qu'il lui serait vain de résister aux arrivants . ils avaient l'avantage du nombre. Changeant alors de tactique, il avança à leur rencontre pour les accueillir. James Roy engagea aussitôt la discussion :

« Il y a, je crois, un malentendu au sujet de ces terres-ci, commença-t-il. D'après les papiers que détient ma fille, elles lui appartiennent. »

M. Georges feignit la surprise.

« Mais c'est impossible, puisque c'est moi qui ai en main le titre de propriété, dit-il. L'Association des fabricants de soies et velours me l'a fait parvenir.

— L'avez-vous ici ?

— Ma foi non.

— Dans ces conditions, vous ne verrez, je pense, aucune objection à ce que mon arpenteur mesure notre terrain : il nous est indispensable de procéder à cette vérification avant de revendiquer la possession des terres. »

M. Georges n'était, de toute évidence, nullement satisfait de la proposition qui lui était faite. Il semblait même sur le point de refuser lorsque son regard se posa sur les cavaliers qui attendaient, massés derrière l'avocat. Alors, il changea d'avis.

« Je vous autorise à arpenter ma propriété, dit-il froidement. Je suis persuadé que cela me permettra de prouver mes droits mieux encore. »

Tandis que les métreurs commençaient à installer leur matériel, Alice partit se promener aux alentours. Elle s'aperçut, consternée, que M. Georges et ses hommes avaient fait sauter le talus où se trouvait le filon aurifère découvert par Charles Renny.

Elle se pencha pour mieux examiner un éclat de roche dont la couleur lui semblait étrange. Et, persuadée qu'il contenait des traces du précieux métal, elle le glissa dans sa poche, avec l'intention de demander l'avis du prospecteur.

Tout à coup, le bruit d'une conversation étouffée parvint à ses oreilles. Les interlocuteurs étaient invisibles. Ils parlaient à voix basse, cachés par des rochers. Alice s'approcha à pas de loup.

Lorsqu'elle put distinguer les paroles, elle s'aperçut que le conciliabule se tenait en français, ce qui n'avait rien de surprenant dans cette région du Canada. Heureusement, Alice connaissait bien cette langue que sa mère lui avait apprise tout enfant. Originaire de Louisiane, Mme Roy appartenait en effet à l'une de ces vieilles familles françaises venues coloniser autrefois cette partie des Amériques.

Ce qu'elle entendit lui parut si affreux qu'elle eut d'abord peine à y croire. Et elle continua à écouter, pétrifiée, redoutant moins d'être surprise là que de perdre un seul mot.

Soudain, on lui tapa sur l'épaule. Elle se retourna vivement et, retenant un cri, se trouva face à face avec Tom Muller.

« Vous! s'écria-t-elle, suffoquée.

— On dirait que cela vous étonne, railla-t-il. Mais d'abord, que faites-vous ici?

— Je suis ici chez moi, monsieur, riposta Alice, furieuse.

— C'est-à-dire que vous l'étiez il y a encore peu de temps, mais à présent, vous ne l'êtes plus. Et c'est votre faute : je vous avais proposé une excellente affaire et vous l'avez dédaignée. Aujourd'hui, il est trop tard.

— Ce n'est pas si sûr. Et quand bien même je devrais renoncer à cette propriété, je ne regretterais jamais d'avoir refusé de traiter avec un individu de votre espèce!»

Tom Muller fit un pas en avant, et Alice crut qu'il allait lever la main sur elle. Mais le regard qu'elle lança vers l'arpenteur qui justement s'approchait était assez éloquent pour convaincre Tom qu'elle n'hésiterait pas à crier au secours. Aussi se contenta-t-il de brandir le poing en faisant demi-tour.

Alice courut aussitôt à la recherche de son père et de Charles Renny qu'elle voulait informer de ce qu'elle avait appris. En route, elle trouva Bess et Marion qui, assises sur un rocher, regardaient travailler l'arpenteur et ses aides. Elles accueillirent leur amie avec joie.

«Où étais-tu donc? demanda Bess. Nous commencions à être inquiètes. Et Marion prétendait avoir vu Tom Muller rôder dans les parages.

— C'est exact, dit Alice. Je viens de le rencontrer.

— T'a-t-il menacée? questionna anxieusement Marion.

— Ma foi oui, bien qu'en termes assez voilés. Mais je crois que les choses se seraient gâtées s'il y avait eu moins de gens aux alentours. Et j'ai eu de la chance aussi que Tom ne comprenne pas un traître mot de français!»

Bess et Marion regardèrent leur amie avec ahurissement.

«Que veux-tu dire?» fit Marion.

Sans répondre, Alice tira son calepin et son crayon de sa poche. Elle écrivit quelques phrases puis tendit le carnet à Bess qui, au collège, avait suivi les cours de français plus longtemps que Marion.

« Tiens, fit-elle, voici ce que se racontaient tout à l'heure deux ouvriers de M. Georges. »

Tandis que Bess lisait, son visage prenait une expression de stupeur. Et Marion déchiffra tant bien que mal à son tour :

« Le vieux bonhomme a été éloigné de chez lui sous un faux prétexte... Pendant ce temps, on s'est emparé de tout ce qu'il possédait... C'est le nouveau propriétaire d'ici qui a monté le coup... Il dit que le grand-père ne sortira pas vivant de l'aventure... »

« C'est affreux ! s'écria Bess, terminant la lecture.

— Quelle chance en effet que Tom n'ait pu comprendre ce que disaient ces hommes, murmura Marion. Mais crois-tu réellement, Alice, qu'il soit arrivé quelque chose à M. Chappée ?

— Une chose est claire, répondit la jeune fille. On lui a tendu un piège et sa vie est en danger. Je vais mettre papa et M. Renny au courant. Et je pense qu'ils partiront tout de suite à sa recherche. »

Apercevant le prospecteur, elle l'attira à l'écart et lui expliqua ce qu'elle avait appris.

« Muller et Nivès ont trempé là-dedans, j'en suis sûr, s'écria-t-il, furieux. Je vais de ce pas avec eux. Ainsi nous serons fixés !

— Je ne crois pas que ce soit la meilleure méthode, dit Alice en souriant. Nous n'avons pas encore récolté de preuves suffisantes pour accuser qui que ce soit. Cependant, si vous vouliez épier les allées et venues de Tom Muller ou de ses amis, il nous serait peut-être possible de retrouver M. Chappée. Cela nous fournirait ensuite toutes les preuves dont nous avons besoin pour porter plainte contre ces gens-là.»

Sur ces entrefaites, survint James Roy.

«J'ai fait une nouvelle moisson de précieux renseignements en vue de l'affaire Taylor, annonça-t-il, triomphant. Et notre arpenteur vient de me fournir plusieurs indications que j'entends vérifier dès notre retour à Wellington, car elles sont d'importance.»

Mais le visage de l'avocat s'assombrit lorsque Alice lui raconta la conversation qu'elle avait surprise.

«Qu'en penses-tu, papa? demanda-t-elle ensuite.

— Tu as découvert là quelque chose d'extrêmement grave, répondit l'avocat. Bien sûr, il peut s'agir aussi de simples bavardages.

— Sans doute. Cependant nous possédons à présent, grâce à ces propos, des indices qui pourront orienter notre enquête. Et j'ai prié Charles Renny de commencer des recherches dans la forêt. Ensuite, nous pourrons accuser M. Georges.

— Tu as parfaitement manœuvré, mon petit, approuva James Roy. S'il n'y a rien de nouveau d'ici une heure ou deux, nous organiserons une véritable expédition pour aller à la recherche de M. Chappée.»

Malgré ce que venait de dire son père, la jeune fille gardait l'impression qu'elle ne faisait pas grand-chose pour secourir le vieillard. Plus elle y songeait et plus elle redoutait que ce délai fixé par James Roy avant toute intervention ne soit fatal à Pierre Chappée.

Elle chercha anxieusement des yeux le prospecteur, mais celui-ci avait disparu. Elle courut alors vers l'endroit où l'on avait attaché les chevaux, et le vit qui s'éloignait sur sa monture.

« Monsieur Renny ! » cria-t-elle.

Il se retourna, étonné.

« Emmenez-moi, supplia-t-elle.

— Vous ne seriez pas en sécurité là où je vais.

— J'ai changé d'avis au sujet des recherches, dit-elle, hors d'haleine. Au lieu de fouiller la forêt, je voudrais que vous me conduisiez au vieux chêne.

— Au vieux chêne ! » s'exclama Charles Renny.

Cependant, Alice se hâtait de détacher son cheval.

« Parfaitement, dit-elle. Figurez-vous que je viens d'avoir une idée : je crois que cet arbre-là va nous aider à retrouver M. Chappée ! »

Bien que Charles Renny ne fût pas aussi persuadé qu'Alice du rôle que pouvait jouer le vieux chêne, il accepta de l'accompagner. Ils s'engagèrent donc sur la piste étroite et, bientôt, arrivèrent près d'une cascade.

« Nous voici à la limite nord des terres que possède Pierre Chappée, annonça le prospecteur. Ce site est l'un des plus beaux de la forêt, et c'est là qu'autrefois nous nous rencontrions, Annette et moi. »

Il guida Alice le long d'une piste qui serpentait parmi des arbres majestueux. Comme ils s'approchaient d'un chêne immense, planté tout seul au milieu d'une clairière, Renny s'arrêta. Et, tandis qu'il le contemplait, son visage prit une expression de joie un peu nostalgique.

L'arbre était plus que centenaire. Jamais Alice n'en avait encore vu d'aussi magnifique.

Elle s'en approcha et resta quelques instants immobile, admirant sa ramure gigantesque. Puis elle se retourna vers Charles Renny.

« Je vous en prie, lui dit-elle d'une voix que l'impatience faisait trembler, montrez-moi la cachette où votre fiancée et vous déposiez vos lettres... »

Le prospecteur tendit le bras vers une petite cavité qui, habilement dissimulée à la naissance d'une branche, se distinguait à peine du tronc. Elle était presque inaccessible pour quelqu'un de la taille d'Alice. Aussi, la jeune fille se dressa-t-elle sur la pointe des pieds pour regarder à l'intérieur.

« On dirait que ce trou s'enfonce jusqu'au cœur de l'arbre, dit-elle.

— C'est exact. Je me rappelle qu'un jour des abeilles décidèrent de s'y installer. Il nous fallut alors attendre le départ de l'essaim pour utiliser à nouveau notre boîte à lettres. »

Alice plongea la main par l'ouverture, mais ne sentit rien.

« En fin de compte, mon idée n'était pas aussi bonne que je le croyais, murmura-t-elle.

— Que pensiez-vous donc trouver ici ?

— Je ne sais pas trop, avoua Alice. C'était comme si l'on m'avait soufflé de venir près de cet arbre. J'avais l'impression que j'allais y découvrir quelque chose au sujet de M. Chappée.

— C'eût été bien étonnant...

— Je vous ai lancé sur une fausse piste, reprit Alice d'un ton navré. Mais puisque nous sommes là, profitons-en pour examiner cette cachette à fond. Voudriez-vous m'aider un peu afin que je puisse enfoncer le bras plus avant ? »

Charles Renny vint complaisamment en aide à la jeune fille, et celle-ci explora à nouveau la cavité.

« Cette fois, je sens quelque chose, s'exclama-t-elle. On dirait du papier froissé...

— C'est sans doute une feuille sèche.

— Non, je suis sûre que c'est du papier, affirma Alice. Mais je ne parviens pas à le saisir.

— Attendez, laissez-moi faire », proposa le prospecteur, soudain intrigué.

Alice lui céda la place, mais l'objet était enfoncé trop profondément dans la cavité pour que même lui pût s'en emparer.

« Je vais chercher un bâton », s'écria la jeune fille.

Elle eut tôt fait d'en découvrir un de bonne longueur. Charles Renny l'aida à se hisser le plus haut possible et elle réussit enfin à extraire le papier.

« C'est un message ! annonça-t-elle, triomphante.

— Vite, lisez-le », ordonna Renny, tandis qu'elle déchiffrait ces mots :

« *Craignant pour ma vie, constamment menacée par M. Georges et les vauriens à sa solde, je dépose cette lettre dans le tronc du vieux chêne, avec l'espoir que, s'il m'arrivait malheur, on finirait un jour par la découvrir. Cela sera peut-être toi, Annette, ma chère petite-fille, qui m'a tant peiné en épousant Charles Renny contre mon gré. Je comprends à présent que j'avais tort de m'y opposer et je te demande pardon d'avoir cherché à empêcher ton mariage.*

« *J'ai caché mon argent, au pied de cet arbre. Il*

t'appartient, Annette. Accepte-le ainsi que ma bénédiction, et essaie de pardonner à ton grand-père qui n'a cessé de t'aimer...

— Donnez-moi cette lettre! s'écria Renny. Il faut que je la relise, car je ne puis en croire mes oreilles. Serait-il possible que Pierre Chappée nous crût mariés, Annette et moi?

— Certainement, répondit Alice, tendant le message. Mais qu'a-t-il voulu dire au sujet de son argent? Pensez-vous qu'il l'ait véritablement caché ici?

— Le grand-père d'Annette n'avait aucune confiance dans les banques et il conservait toujours ses économies chez lui.

— Le trésor est donc bien enterré auprès de cet arbre, ainsi qu'il le dit. Ah! si nous avions seulement un outil pour creuser!

— Je vais aller chercher une bêche, dit Renny. Attendez-moi, ce sera vite fait, je serai de retour dans un quart d'heure.»

Après qu'il se fut éloigné, Alice décida d'occuper son temps à rechercher l'endroit où l'argent avait été enfoui. Bientôt, elle remarqua un coin de terre fraîchement remuée. «C'est là, se dit-elle. Mon Dieu, comme je voudrais que M. Renny se dépêche!»

Bientôt, un bruit de sabots retentit sur le sentier. Alice se releva d'un bond et attendit, haletante. Enfin, Charles Renny parut et elle poussa un soupir de soulagement.

«Vous avez eu peur? demanda le prospecteur.

— Un peu, convint-elle. Je n'étais pas sûre que ce fut vous.»

Sur ce, elle montra à Renny l'endroit qu'elle

avait remarqué et il attaqua le sol aussitôt. Il ne creusa que quelques instants : sa pioche heurta brusquement un objet métallique. Le temps d'enlever quelques pelletées de terre, et une cassette apparut. Renny la dégagea avec précaution puis la remit à Alice.

« Ouvrez-la », dit-il.

Tremblant d'émotion, la jeune fille pressa le fermoir et souleva le couvercle. A l'intérieur du coffret s'entassaient des billets de banque, ainsi que des pièces d'or.

« Qu'allons-nous faire de notre trouvaille? demanda Charles Renny, le front soucieux. Il ne serait pas prudent de l'emporter.

— Je crois que le plus sûr serait de l'enterrer de nouveau.

— Oui, mais plus au même endroit ! »

Ils cherchèrent des yeux un emplacement convenable et décidèrent finalement de creuser un second trou auprès d'un gros bloc de grès. Puis, quand la cachette fut prête, ils y déposèrent le coffret, non sans avoir soigneusement scruté les alentours pour s'assurer que personne ne les surveillait.

« N'oubliez pas de boucher le premier trou », recommanda Alice à Renny tout en piétinant la terre qu'ils venaient de rejeter sur le trésor. Puis elle éparpilla des feuilles mortes afin d'effacer toute trace du travail accompli.

De son côté Charles Renny remplissait le trou demeuré béant au pied du vieux chêne, puis égalisait minutieusement le terrain.

« Et voilà, dit-il en rassemblant ses outils, nous avons fait pour le mieux. Il ne reste plus qu'à nous en aller. »

Ils remontèrent en selle et reprirent au trot le chemin de la vallée. Ni l'un ni l'autre ne souffla mot de Pierre Chappée, car, songeant à cette lettre écrite par le vieillard, ils se demandaient, le cœur glacé, s'il était encore en vie.

« C'est M. Georges qui détient la clé du mystère, se disait Alice. Ah! si je connaissais un moyen de l'obliger à nous avouer la vérité! »

Comme ils arrivaient à proximité du chantier où travaillaient les chercheurs d'or, Alice s'aperçut brusquement que son bracelet avait disparu.

« J'ai perdu mon bracelet! s'écria-t-elle.

— Il a dû se détacher en route.

— A moins qu'il ne soit tombé de mon poignet pendant que je vous attendais, assise au pied du grand chêne. Je me rappelle avoir joué avec le fermoir à ce moment-là... Mon Dieu, mon nom est gravé à l'intérieur, et si quelqu'un le trouvait à cet endroit, si près du trésor, il pourrait bien se demander ce que nous faisions là...

— Surtout s'il s'agissait de M. Georges ou de l'un de ses complices, ajouta Charles Renny, faisant faire demi-tour à sa monture. Ils savent certainement que Pierre Chappée a caché son argent aux alentours et ils doivent le malmener pour l'obliger à révéler l'endroit.

— C'est affreux », murmura Alice, frissonnante.

Charles Renny serra les lèvres.

« M. Georges est capable de tout », dit-il, le visage durci.

Quelques instants plus tard, le prospecteur et la jeune fille attachaient leurs montures à de jeunes arbres non loin de la clairière au grand chêne. Puis ils s'approchèrent. Soudain, Alice remarqua des traces de pas sur le sol humide du sentier. Ce n'étaient pas celles de Charles Renny... Elle appela ce dernier.

« La trace est encore toute fraîche, déclara-t-il. Quelqu'un est passé par là après nous ! »

Ils continuèrent à avancer, mais avec plus de prudence. En atteignant la clairière, ils s'arrêtèrent à l'abri des buissons : un homme se tenait au pied du grand chêne. Penché sur le sol, il examinait l'emplacement de la cachette. C'était Tom Muller !

« Il a dû me suivre quand je suis revenu en apportant les outils, murmura Charles Renny. Croyez-vous qu'il ait pu nous voir déterrer la cassette ?

— Je ne sais pas. Il a l'air intrigué par l'aspect de la terre... »

Comme elle achevait ces mots, Tom Muller poussa une exclamation étouffée. Et Alice le vit ramasser quelque chose.

« Il a découvert mon bracelet ! » murmura-t-elle, horrifiée.

Chapitre 15

Le bracelet perdu

L'homme ne savait manifestement comment interpréter sa découverte : il tourna et retourna le bijou plusieurs fois dans sa main, puis finit par le glisser dans sa poche. Jetant autour de lui des coups d'œil inquiets, il se dirigea ensuite vers un buisson, non loin de celui où se cachaient Alice et Renny, et en tira une pioche et une pelle. Puis, revenant au vieux chêne, il se mit à creuser le sol avec ardeur.

Alice le regardait, médusée. Comment savait-il que la cassette avait été enterrée là?

Et quand Muller constaterait que la première cachette était vide, se mettrait-il à la recherche d'une autre? Au bout de quelques instants, l'homme se reposa, appuyé sur sa pioche, et ils l'entendirent grommeler :

«C'est sûrement ici : tout correspond à ce qu'a dit le vieux bonhomme... Mais on dirait que quelqu'un est passé ici avant moi!»

Certaine désormais que Muller était parfaitement renseigné sur l'existence et l'emplacement du trésor, Alice souffla à l'oreille de son compagnon l'idée qui venait de surgir dans son esprit. Renny approuva d'un signe de tête et se glissa sans bruit jusqu'à l'endroit où attendaient les montures. Il revint au bout d'un instant, avec une longue corde soigneusement enroulée.

« Est-ce que cela sera possible à cette distance? murmura Alice, anxieuse. Si vous manquez votre coup, tout est perdu : Muller s'enfuira. »

Sans répondre, Charles Renny s'avança d'un pas, et, franchement à découvert, balança sa corde qui fila en sifflant et s'abattit sur les épaules de Tom Muller.

Celui-ci lâcha sa pelle en poussant un cri terrible. Comme il se débattait, Renny serra la corde autour de sa taille et le maintint fermement.

« Laissez-moi! hurla le prisonnier, fou de rage.

— Pas tout de suite! répondit Alice, sans s'émouvoir. M. Renny, attachez-le donc à cet arbre : ce sera plus sûr. »

D'un effort désespéré Tom Muller tenta de se dégager, mais il comprit vite que tout effort était inutile. Tranquillement, Charles Renny le ligota au tronc du vieux chêne.

« Que me voulez-vous? questionna alors Muller, effrayé tout à coup. Si c'est l'argent, je ne l'ai pas trouvé.

— Nous le savons, dit Alice. A présent, vous n'avez plus qu'à nous dire la vérité. Qui vous a parlé de l'argent de M. Chappée? »

L'homme ne répondit pas.

«Qu'avez-vous fait de lui?» reprit Alice à brûle-pourpoint.

Tom Muller se contenta de lui jeter un sourire railleur.

Ce fut alors au tour de Charles Renny de poser des questions. Mais il eut beau menacer, il lui fut impossible d'obtenir la moindre réponse du prisonnier. Voyant la situation sans issue, le prospecteur et la jeune fille s'écartèrent de l'homme pour tenir conseil.

«Qu'allons-nous faire? dit Alice découragée. Il faut qu'il parle : je suis tellement sûre qu'il sait ce qu'est devenu le grand-père d'Annette.

— Je connais un excellent moyen de lui délier la langue, répondit Charles Renny, l'air résolu. Et, tel que je le connais, il n'en mènera pas large! Surtout, épaulez-moi, quoi qu'il arrive. Gardez votre sang-froid et vous verrez qu'il parlera!»

Le prospecteur commença à rassembler des feuilles sèches et du bois mort tandis qu'Alice le considérait avec presque autant d'inquiétude que le prisonnier.

«Que faites-vous? demanda celui-ci fort peu rassuré.

— Je prépare un peu de feu, c'est tout, répondit Charles Renny. Ainsi, vous êtes toujours décidé à ne rien nous dire, n'est-ce pas?»

Muller ne souffla mot, mais Alice remarqua les gouttes de sueur qui perlaient sur son visage et, au fond d'elle-même, elle ne put se défendre de quelque pitié envers lui.

A présent, le prospecteur entassait soigneusement sa récolte au pied du vieux chêne.

« Vous savez, c'est l'un de ces petits jeux que les Indiens pratiquaient quelquefois avec leurs prisonniers », expliqua-t-il d'un ton négligent.

Le visage de Muller se crispa et prit une expression de terreur. Pourtant il ne se tenait pas encore pour battu.

« Je sais bien que vous n'aurez pas le cœur de le faire, railla-t-il.

— C'est ce que nous verrons », riposta Charles Renny.

Volontairement, il s'attardait sur ses derniers préparatifs. Puis il tira un briquet de sa poche. Tom Muller ne le quittait pas des yeux. Fasciné, il le vit se pencher et mettre le feu aux feuilles sèches. Celles-ci s'enflammèrent brusquement et une petite flambée crépitante lécha les pieds du prisonnier.

Alice se retenait à grand-peine de conjurer Charles Renny d'éteindre le feu.

« Vas-tu parler à présent ? » lança brutalement le prospecteur.

Tom Muller mouilla ses lèvres ; puis il regarda les petites flammes qui commençaient à danser autour de lui et, soudain, ce qui lui restait de courage l'abandonna.

« Eteignez, éteignez ! hurla-t-il. Je vais tout vous dire ! »

Alice se précipita afin d'aider Renny à piétiner le feu. Muller n'avait aucun mal, mais il était presque fou de terreur.

« Très bien. Parle, ordonna le prospecteur.

— Je connaissais le secret de la cachette, commença l'homme haletant. A force de questionner Pierre Chappée, j'ai fini par lui faire dire où il avait caché son argent. »

En entendant cet aveu, Renny ne put maîtriser un mouvement de colère : il fit un pas en avant comme s'il allait frapper le prisonnier. Alice lui posa la main sur le bras et d'un violent effort, il se calma pour entendre le reste de l'histoire.

« Où est M. Chappée à présent ? » demanda Alice quand Tom Muller eut achevé son récit.

L'homme hésita, puis répondit enfin :

« Il est enfermé dans une grotte à une dizaine de kilomètres d'ici. On l'appelle la caverne aux Ours.

— Je la connais, dit Renny.

— J'ai envie d'aller avertir l'officier de police, proposa Alice. Vous pourriez rester ici pour garder Muller. Cela permettrait à nos hommes de se rendre sans tarder à la caverne. »

Le prospecteur approuva ce projet et il indiqua par écrit à la jeune fille tous les détails du chemin menant à la grotte. Alice partit au galop.

Parvenue auprès du capitaine, elle le mit rapidement au courant de ce qui s'était passé au pied du vieux chêne.

« Je vais faire arrêter Tom Muller immédiatement, déclara-t-il. Et pendant ce temps, le reste de mes hommes se rendra à la caverne aux Ours. »

Sur le conseil d'Alice, on prit grand soin de ne pas éveiller les soupçons de M. Georges. Celui-ci était d'ailleurs engagé dans une conversation animée avec l'arpenteur, aussi ne remarqua-t-il aucune manœuvre insolite jusqu'à ce que les beaux groupes de cavaliers se mettent en route, l'un en direction de la clairière, l'autre vers la grotte. Inquiet, il marcha droit sur James Roy.

« Que signifie tout ceci ? demanda-t-il d'un ton rogue. Vous complotez encore quelque chose !

— Je ne comprends pas du tout ce que vous voulez dire, riposta froidement l'avocat.

— Bien sûr que si, vous le comprenez ! Mais j'en ai assez et pour me débarrasser de vous, je consens à faire une offre intéressante à votre fille pour ce terrain. »

James Roy ne put réprimer un sourire. Ayant vu M. Georges discuter longtemps avec l'arpenteur, il en concluait en effet que ce dernier était demeuré également insensible aux tentatives d'intimidation et de corruption.

« Puis-je savoir ce que vous appelez une offre intéressante ? demanda-t-il.

— Mille dollars.

— Ce qui n'est pas beaucoup pour des terrains où l'on trouve de l'or, fit James Roy.

— C'est ma dernière proposition. Si vous la rejetez, il peut se faire qu'ensuite je ne me montre plus aussi généreux. »

Et sur ces mots, M. Georges tourna les talons.

James Roy rejoignit alors sa fille pour la mettre au courant. Tandis qu'ils parlaient, l'arpenteur survint.

« J'ai terminé, annonça-t-il.

— Et quelle est votre conclusion ? demanda la jeune fille. Ce terrain est-il bien celui décrit sur mon titre de propriété ?

— Incontestablement. Vous êtes ici chez vous. Mais j'ai l'impression que certaines gens vont éprouver de grosses déceptions...

— Que voulez-vous dire?» fit James Roy, surpris. L'arpenteur baissa la voix :

«Voyez-vous, je m'y connais assez bien en prospection aurifère, et j'en viens à penser que les filons ne sont pas aussi riches qu'ils le paraissent. A mon avis, cela coûterait infiniment plus de les exploiter qu'ils ne rapporteront jamais.

— M. Georges vient d'offrir mille dollars à ma fille de ce terrain, dit James Roy.

— A votre place, j'accepterais, et d'autant mieux que le sol est partout impropre à la culture.

— Qu'en penses-tu, Alice? demanda l'avocat.

— Je ne sais trop qu'en dire, papa...

— Ecoute, mon petit, nous ne pouvons rester ici indéfiniment, rappela James Roy avec douceur. Après tout, ce terrain ne t'a rien coûté et tu n'étais venue que pour le voir, t'attendant fort à n'éprouver qu'une déception.

— Tu as raison, et il serait certainement plus sage de vendre... Allons, c'est décidé : annonce ma décision à M. Georges. Mais je déteste l'idée de conclure une affaire avec une fripouille de son espèce.

— Sois tranquille, tout n'est pas fini en ce qui le concerne et si nous découvrons qu'il a maltraité Pierre Chappée, nous aurons d'autres comptes à régler avec lui», affirma James Roy.

Il s'en alla à la recherche de M. Georges, et les deux hommes eurent un assez long conciliabule. Au bout de quelque temps, l'avocat fit signe à Alice de les rejoindre.

«M. Georges accepte de payer comptant, annonça-t-il. L'avion va partir immédiatement et le pilote ira encaisser un chèque à la banque afin de te rapporter l'argent. Nous attendrons ici. Dès que tu seras en possession de la somme convenue, tu signeras les papiers que je vais préparer et nous n'aurons plus qu'à rentrer. Ce plan te convient-il?

— Parfaitement» dit Alice. Puis, se tournant vers M. Georges : «Verriez-vous quelque inconvénient à ce que je confie une lettre pour les Etats-Unis à votre pilote?» demanda-t-elle.

L'homme fronça les sourcils, mécontent.

«Il fera ce qu'il voudra, répondit-il avec brusquerie. S'il consent à se charger de votre lettre, cela ne me regarde pas.»

Alice rédigea un bref message destiné à Annie Chapelle en la priant de venir la rejoindre au Canada.

Le pilote accepta volontiers cette mission et la jeune fille le remercia avec chaleur.

Au même moment, elle aperçut les cavaliers qui revenaient de la caverne aux Ours, et elle courut à leur rencontre.

Chapitre 16
Duperie

Les cavaliers accueillirent la jeune fille avec froideur, et le capitaine lui dit sèchement :

« Les renseignements que vous nous avez donnés étaient faux. Nous sommes arrivés à la caverne aux Ours pour constater qu'il ne s'y trouvait personne. Et je parierais que pendant ce temps-là, M. Chappée est tranquillement rentré chez lui.

— Ainsi, Tom Muller m'a menti sur un point, mais je suis certaine qu'il disait la vérité en m'avouant que Pierre Chappée est séquestré quelque part. »

L'officier n'écouta pas Alice. Il était las de la longue course qu'il venait de faire inutilement et n'avait qu'un désir : abandonner cette affaire.

De son côté, Alice était extrêmement mortifiée de l'erreur qu'elle avait commise. De plus, comme le vieillard demeurait introuvable, il serait impossïble de faire arrêter Tom Muller. Le plan qu'elle avait imaginé s'écroulait, et elle en était désespérée.

« Auriez-vous l'intention de renoncer à poursuivre les recherches? demanda-t-elle au capitaine.

— Evidemment, car si j'excepte l'histoire à dormir debout que vous a racontée Tom Muller, quelle preuve avez-vous que M. Chappée ait été enlevé?

— Quelqu'un est venu fermer sa maison et condamner les volets en son absence et puis il y a cette lettre que j'ai trouvée dans le vieux chêne...

— Sans doute déposée par quelqu'un qui voulait jouer un tour.

— Je suis certaine que non, et la preuve, c'est que... »

Alice se mordit la langue : elle avait failli révéler l'existence de la cassette enterrée par Pierre Chappée.

« Ecoutez, en voilà assez, fit le capitaine avec impatience. En ce qui me concerne, je considère cette affaire comme terminée. »

Sur ces entrefaites, Charles Renny revint à son tour, las et découragé. Mis au courant de la position prise par le capitaine, il annonça qu'il repartirait seul à la recherche de Pierre Chappée.

« Et moi, fit Alice tristement, qui m'imaginais voir M. Chappée revenir sain et sauf, et se réinstaller chez lui pour y attendre l'arrivée d'Annette! Quel coup ce sera pour elle si elle ne trouve personne! »

Comme il était peu probable que l'avion frété

par M. Georges pût rallier la forêt le soir même, Alice et ses compagnons décidèrent de camper sur place. Ceci leur valut de passer une nuit assez désagréable, car ils n'avaient apporté que très peu de matériel. Enfin, le jour se leva, mais l'avion n'arrivait toujours pas.

James Roy et sa fille s'inquiétaient fort de ce retard. En revanche, M. Georges n'en semblait nullement préoccupé, allant et venant parmi les ouvriers qui continuaient à exploiter le filon aurifère.

« J'enrage de les voir s'emparer de cet or sous mon nez, se lamentait Alice. Après tout, je n'ai pas encore vendu mon terrain !

— Hélas ! mon petit, nous n'y pouvons rien, dit James Roy. D'autant que les policiers n'ont vraiment pas l'air décidés à nous aider.

— Je le sais », dit Alice l'air sombre.

Tout le monde était parti, à présent, à l'exception de Charles Renny et de ses amis, les Samson. M. Georges n'avait pas caché sa satisfaction en voyant les cavaliers s'éloigner.

« Ne te désole pas, dit l'avocat à sa fille, tous ces gens-là ne nous étaient d'aucun secours, bien que le seul fait de leur présence ait certainement contribué à éviter le pire. »

Elle hocha la tête et observa :

« Sans doute, mais à présent M. Georges va en profiter pour nous jouer quelque tour à sa façon.

— C'est certain. Son attitude d'aujourd'hui ne me dit rien qui vaille.

— Je ne sais ce qu'il complote... Et puis d'abord, pourquoi l'avion n'est-il pas encore de retour ?

— Je me le demande, moi aussi, convint James Roy. Il y a dans tout cela quelque chose de louche. »

La journée s'écoula. Alice et ses compagnons attendaient toujours, de plus en plus exaspérés par le spectacle des hommes qui, tranquillement, extrayaient du sol quartz aurifère et pépites.

Cette nuit-là, Alice ne put fermer l'œil, tant elle se tourmentait au sujet de Pierre Chappée. Lasser de se tourner et retourner sur son lit de camp, elle finit par s'habiller et sortit de la tente.

La nuit était douce, baignée de clair de lune. Le calme régnait.

Elle marchait depuis quelques instants lorsqu'elle distingua deux silhouettes à peu de distance. Elle s'en approcha et entendit un dialogue animé.

« Moi, je ne lâcherai jamais M. Georges, disait l'un. C'est un fin renard. Tiens, par exemple, je sais qu'il ne donnera pas un sou à Alice Roy pour son terrain. Il n'a d'ailleurs donné aucune instruction au pilote pour qu'il rapporte l'argent.

— Bien joué! fit l'autre en s'esclaffant. Et le père et la fille n'y voient que du feu! Ils attendent, bien loin de se douter que M. Georges cache l'or dans une vieille cabane à cinq cents mètres d'ici. Bientôt la récolte sera suffisante pour qu'il décide d'aller renouveler la même opération un peu plus loin. Et pendant ce temps-là, les deux autres continueront de compter sur leur argent!

— Et que dis-tu de la façon dont ils ont

gobé l'histoire que leur a racontée Tom Muller? Tous les policiers étaient en route pour la caverne aux Ours, capitaine en tête, sans se douter un instant que le vieux bonhomme était caché à deux pas d'ici!»

Les deux compères s'éloignèrent en riant de bon cœur. La jeune fille regagna sa tente et passa le reste de la nuit éveillée, à réfléchir et à tirer des plans.

Debout dès l'aube, elle sortit de nouveau, sans éveiller ses amies, puis, longeant le ruisseau des Sables, atteignit le confluent avec une autre rivière. Non loin de là, en amont, une haute digue régularisait le débit des eaux. Alice passa une bonne heure à explorer les alentours. C'est ainsi qu'elle découvrit une petite cabane où les prospecteurs avaient entreposé leurs explosifs. Un écriteau signalait le danger et interdisait à quiconque de s'en approcher. Alice observa longuement la baraque, mais sans faire la moindre tentative pour y pénétrer.

Lorsqu'elle revint au campement, James Roy commençait à s'inquiéter de son absence. Elle s'empressa de lui raconter ce qu'elle avait appris, devant Bess et Marion accourues aux nouvelles.

«J'espérais trouver la baraque où M. Georges a caché l'or qu'il me vole, dit-elle en terminant. Mais je n'ai vu qu'un dépôt d'explosifs.

— Attends, s'écria Bess, je me rappelle fort bien avoir vu une vieille cabane pas très loin d'ici. Marion était avec moi et nous l'aurions certainement examinée de plus près si Raymond Nivès n'avait pas rôdé aux alentours.

— Avez-vous eu l'impression qu'il était là en sentinelle? demanda Alice.

— A y réfléchir, c'est ce que je crois. Et il a eu l'air vraiment soulagé en nous voyant tourner les talons, n'est-ce pas, Marion?

— C'est exact», confirma la jeune fille. Et elle poursuivit : «Qui sait, peut-être l'a-t-on chargé de garder l'or!

— J'ai la quasi-certitude que Pierre Chappée ne se trouve pas loin de l'endroit où l'or est caché, reprit Alice. De sorte que, si nous parvenons à découvrir celui-ci, nous n'aurons pas grand mal à délivrer ce pauvre homme.

— Je n'en suis pas aussi sûr, Alice, dit l'avocat d'un ton soucieux. N'oublie pas que M. Georges et ses hommes ont sur nous l'avantage du nombre.

— Et qu'ils surveillent tous nos gestes, renchérit Marion. Bess et moi, nous ne pouvons faire un pas sans que l'on nous suive. Et il en va de même pour Alice.

— Je suis révolté par la manière dont la police a abandonné l'affaire. C'est inconcevable, reprit James Roy. J'ai bien adressé un message au capitaine en lui demandant de revenir, mais je ne me fais aucune illusion sur ce qu'il décidera...

— D'ailleurs, il nous est impossible d'attendre plus longtemps, dit Alice.

— Ce serait en effet faire le jeu de M. Georges. Malheureusement, je ne vois aucun moyen de déjouer ses plans.»

Alice se pencha brusquement vers son père et, baissant la voix :

«Moi, j'en connais un», annonça-t-elle.

Chapitre 17
Le trésor d'Alice

M. Georges faisait ses comptes assis à une petite table sous sa tente, lorsque James Roy et les jeunes filles firent leur entrée. Il leva brusquement la tête et leur lança un regard aigu.

« Qu'est-ce que c'est ? demanda-t-il.

— Je viens vous voir au sujet de mon terrain », commença Alice.

Mais elle n'eut pas le temps d'en dire plus long : M. Georges lui coupa la parole.

« Il ne faut pas que le retard de l'avion vous inquiète, dit-il. Je suis sûr qu'il arrivera aujourd'hui. »

Le regard d'Alice se durcit.

« Vous savez aussi bien que moi, dit-elle, que le pilote ne rapportera pas l'argent. Vous avez essayé de me tromper. »

Stupéfait de ces paroles brutales, l'homme risqua un coup d'œil furtif vers l'avocat, mais le visage sévère de celui-ci confirma éloquemment que la vérité était découverte.

« Quelle erreur ! protesta-t-il. Je suis aussi surpris que vous que l'avion ne soit pas encore de retour. Pourtant je garde ma confiance au pilote.

— Il obéira aux ordres qu'il a reçus, répliqua la jeune fille froidement. Or, je sais que vous lui avez dit de ne pas rapporter d'argent. Néanmoins, je suis prête à conclure un autre marché avec vous. »

M. Georges étudia un instant la physionomie de son interlocutrice, puis, l'air sournois :

« Serait-ce que vous accepteriez un prix moins élevé ? demanda-t-il.

— Je pourrais même vous le donner pour rien, répondit-elle. Mais à une seule condition... »

James Roy avait bondi.

« Alice, te rends-tu compte de ce que tu viens de dire ? s'écria-t-il.

— Mais oui, fit-elle en souriant.

— Et quelle est la condition ? s'enquit M. Georges, soupçonneux.

— Que vous libériez Pierre Chappée ! »

Le visage de M. Georges se figea instantanément.

« Qui est cet homme ? demanda-t-il d'un ton vague.

— Vous le savez très bien, riposta Alice, car il est votre prisonnier et vous l'avez caché tout près d'ici.

— Vous vous trompez, mademoiselle. Je ne suis pas un malfaiteur.

— Ce n'est pas mon rôle de porter cette

accusation contre vous, lança Alice froidement. Mais si vous acceptiez ma proposition et que ce vieillard soit ramené à notre camp ce soir, je signerais immédiatement le transfert de ma propriété à la société de la Terre Jaune.

— Alice, tu vas faire un marché de dupes! protesta James Roy.

— J'ai réfléchi, papa...

— Et en supposant que Pierre Chappée soit libéré — ce qui ne veut pas dire que cela me soit possible —, quelle preuve aurais-je que vous tiendrez parole au sujet du terrain?»

Alice releva fièrement la tête.

«Vous avez ma parole, cela doit vous suffire, riposta-t-elle.

— Très bien, j'accepte», reprit M. Georges avec un sourire ironique.

James Roy se retint à grand-peine de décocher la riposte cinglante que méritait l'outrecuidance du personnage et, tournant les talons, il suivit les jeunes filles au-dehors. Quand le groupe fut à bonne distance de la tente, chacun donna libre cours à ses sentiments.

«C'est une véritable escroquerie, lança l'avocat. Si j'avais connu tes intentions, Alice, je ne t'aurais jamais permis d'agir ainsi.

— Aussi me suis-je bien gardée d'en parler, fit la jeune fille en souriant. Je savais qu'il n'existait pas d'autre façon de secourir M. Chappée.

— Mais tu vas tout perdre, dit Marion. Ces filous vont prendre ton or.

— J'aurais bien voulu sauver mon or, murmura Alice, ne dissimulant pas son regret. Mais la vie de Pierre Chappée a plus de prix encore.

Tu n'es pas vraiment fâché, papa, n'est-ce pas?»

James Roy pressa doucement la main de sa fille.

«Non, mon petit, je suis fier de toi au contraire. Mais j'enrage à la pensée que cette fripouille va l'emporter, alors qu'il devrait être en prison!»

En arrivant au camp, l'avocat quitta les jeunes filles et s'en alla mettre Charles Renny au courant de la situation.

«C'est le moment, murmura Alice se tournant vivement vers ses amies. Nous allons essayer de récupérer mon or. Je n'ai pas osé confier mon projet à papa, il ne m'aurait jamais permis de l'exécuter.»

Les jeunes filles quittèrent le camp sans bruit, Bess guidant la marche vers la cabane qu'elle avait remarquée.

«Attention, Raymond Nivès monte encore la garde, murmura Bess, lorsqu'elles arrivèrent en vue de la vieille cabane.

— Alors, nous pouvons être sûres que l'or est bien caché là, déclara Alice. En avant, les enfants, et que chacune joue son rôle!»

Les trois amies s'avancèrent tranquillement à découvert, se tenant par le bras et bavardant de l'air le plus innocent du monde. Nivès les vit s'approcher, et prit un visage soupçonneux.

«Tiens, monsieur Nivès! s'exclama soudain Alice, jouant une vive surprise. Je me demandais justement ce que vous deveniez : c'est que l'on ne vous a pas beaucoup vu dans les parages ces temps-ci!

— Cette cabane est-elle à vous? ajouta Bess.

— Non, pas tout à fait... c'est-à-dire que

je n'en possède qu'une partie. Et je surveille l'autre pour le compte d'un ami.

— Comme j'aimerais la visiter, dit Alice, aimablement.

— Je ne demanderais pas mieux que de vous faire entrer, mais c'est impossible. Mon camarade serait furieux.

— Mon Dieu, quel dommage», murmura Bess. Elle soupira et, feignant l'extrême désappointement : «J'avais tellement envie de voir l'intérieur..., continua-t-elle. Mais je suis persuadée que vous nous permettrez de jeter au moins un coup d'œil par la fenêtre, n'est-ce pas?»

Et avant que la sentinelle ait pleinement compris son intention, elle se pencha pour regarder.

«Hé, là, je vous défends...» s'écria-t-il, s'élançant pour l'en empêcher.

C'était l'occasion qu'Alice espérait, depuis qu'elle avait remarqué la clef posée sur le rebord de la fenêtre de la cabane.

«Oh! je vous en prie, laissez-nous entrer», fit-elle, en s'approchant à son tour.

Mais il la repoussa de même. Alice fit la moue, mais lorsqu'elle se redressa, l'air désolé, la clef était dans sa main...

«Tant pis, allons-nous-en», dit-elle à ses compagnes, comme si elle avait décidé d'abandonner la partie. Et elle lança, méprisante : «Après tout, cette vieille bicoque n'est pas tellement intéressante!»

Entrant dans le jeu, Bess et Marion la suivirent, l'air indifférent.

«As-tu la clef, Alice? questionna Marion un peu plus tard.

— Naturellement. Ce Nivès, quel lourdaud

il ne s'est aperçu de rien ! Rentrons vite au campement. »

La journée se passa lentement. Vers la tombée de la nuit, un étrange cortège s'avança sur l'un des sentiers qui aboutissaient à la vallée. Plusieurs hommes escortaient un cheval que montait Pierre Chappée. Le vieillard était tassé sur sa selle, l'air presque inconscient. Lorsque James Roy et Charles Renny, qui s'étaient précipités à sa rencontre, voulurent l'aider à descendre, il s'affaissa dans leurs bras. On le transporta aussitôt sous l'une des tentes. M. Georges, qui avait assisté à la scène, intervint immédiatement, sans laisser à Alice ni à son père le temps de parler au vieillard.

« Vous voyez que j'ai tenu parole, leur dit-il. Et à présent c'est à vous d'en faire autant. »

La jeune fille avait en poche les papiers préparés par son père. Elle les signa rapidement, les tendit ensuite à l'avocat qui contresigna, à regret. Puis il s'adressa à M. Georges :

« Voilà qui est fait, la terre est à vous », dit-il en soupirant.

Lorsqu'ils regagnèrent la tente quelques instants plus tard, l'avocat et sa fille apprirent que le vieillard avait été cruellement traité par ses ravisseurs...

« Ils m'ont battu. Presque tous les jours, raconta Pierre Chappée d'une voix faible. Ils voulaient que je leur dise où était caché mon argent. Et même ensuite, lorsque Tom Muller a fini par le savoir, ils ont continué à me malmener.

— M. Georges a-t-il participé à tout cela ? demanda Alice.

— M. Georges? C'était lui le chef : rien ne s'accomplissait que sur ses ordres...

— Le misérable! s'exclama la jeune fille.

— Je connais un moyen de récupérer tout l'or qui a été volé, gronda Charles Renny. Si vous voulez, je n'ai qu'à me présenter chez M. Georges, mon fusil à la main, et je vous garantis qu'il m'obéira!

— Hélas! ses hommes viendront à la rescousse en un clin d'œil et vous serez submergé par le nombre, dit Alice. Je crois avoir un meilleur plan. Bess et Marion sont déjà au courant. Attendez-nous ici!»

Les trois jeunes filles sortirent en trombe avant qu'on puisse les arrêter. D'une traite, elles coururent jusqu'à la cabane pour y découvrir, à leur grande joie, que la sentinelle avait quitté son poste.

Vite, Alice ouvrit la porte. Puis, tandis que Marion faisait le guet, elle et Bess se hâtèrent de fouiller l'unique pièce. Dans l'un des placards, elles découvrirent une lourde sacoche remplie de pépites d'or. «Dépêchez-vous, j'entends quelqu'un!» annonça soudain Marion.

Alice et ses amies prirent la fuite, emportant leur précieux butin. Après une course échevelée, elles firent irruption sous la tente où les attendaient James Roy et Charles Renny. Haletante, Alice laissa tomber le sac de pépites dans les mains de son père stupéfait.

«Tiens, garde-moi cela : il me reste encore quelque chose à faire!» Comme elle allait ressortir, elle se ravisa et, se retournant, lança aux deux hommes :

«Vite, quittez le camp immédiatement avec

M. Chappée. Et que tout le monde se retrouve d'ici dix minutes à l'endroit où nous avons laissé les chevaux! »

— Alice, que vas-tu faire?» s'écria James Roy.

Mais la jeune fille ne l'entendit pas. Elle courait à perdre haleine sur le sentier menant au dépôt d'explosifs. Elle avait décidé de détourner le cours de la rivière en détruisant la digue qui retenait ses eaux.

« L'entreprise est risquée, se disait-elle, résolue à tout tenter, mais si je réussis, M. Georges ne tirera plus une seule paillette d'or de mon terrain!»

Chapitre 18

L'inondation

Lorsque Alice parvint au dépôt, elle trouva la porte entrebâillée. Elle s'empressa de choisir un long fuseau de dynamite, parmi les explosifs entreposés, puis elle se rendit au barrage.

Là, elle parvint à s'avancer assez loin, progressant sur la crête de l'ouvrage, et elle déposa la charge à l'endroit qui lui semblait favorable. Puis, n'hésitant qu'un instant, elle alluma la longue mèche. La flamme s'achemina aussitôt vers l'explosif.

Alice ne s'arrêta que le temps de voir si la mèche ne risquait pas de s'éteindre. Puis elle tourna les talons et s'enfuit à toutes jambes. Elle était à bout de souffle lorsqu'elle rejoignit ses amis.

« Vite en selle, s'écria-t-elle, et filons. Au galop ! »

James Roy chargea l'or en travers de sa selle et Charles Renny assura Pierre Chappée sur sa monture. Et tout le monde s'élança vers le sommet du coteau surplombant la vallée. Comme ils l'atteignaient, on entendit une explosion formidable.

« Qu'est-ce que cela ? s'écria James Roy, retenant son cheval.

— Ne t'arrête pas ! fit Alice, cravachant au passage la monture de son père. En avant, en avant ! »

La petite troupe atteignit la hauteur sans encombre. Alors seulement, la jeune fille tendit le bras pour montrer les eaux torrentueuses qui envahissaient la vallée, submergeant le camp qu'ils venaient de quitter.

« Tu as fait sauter le barrage ! s'exclama James Roy.

— Oui, car c'était le seul moyen d'empêcher mon voleur de profiter de son larcin. A présent, le terrain est inondé. Les outils et le matériel de prospection sont inutilisables. »

Quand la police apprit quelle aventure avait traversées Pierre Chappée, des mandats d'arrêt furent lancés contre M. Georges et ses complices. Muller et Nivès se firent prendre tout de suite et leur chef quelques jours plus tard.

Cependant, Annie Chapelle devait arriver au lac Wellington peu de temps après le retour d'Alice et de ses compagnons. Elle était complètement remise de sa blessure, et sa bonne mine faisait plaisir à voir.

Lorsque Alice vit la jeune femme et Pierre Chappée heureux d'être enfin réunis, elle cessa d'éprouver le moindre regret d'avoir abandonné sa terre. Et sa joie fut complète lorsque

Mme Donnelly lui annonça sa réconciliation avec les parents de Charles Renny.

L'enquête ouverte sur les activités frauduleuses de la société de la Terre Jaune devait d'ailleurs établir la responsabilité de Tom Muller dans la brouille survenue entre les deux familles. C'était lui encore qui avait imité la signature d'Alice et fabriqué le faux document envoyé à l'Association des fabricants de soies et velours.

Cependant Mme Donnelly et Mme Renny ne tardèrent pas à apprendre qu'une partie de l'argent détourné par les escrocs pourrait leur être restituée.

« A propos d'argent, dit James Roy, alors que tout le monde était installé dans le salon de Mme Donnelly, je ne me serais jamais douté que je tenais une petite fortune dans mes mains lorsque Alice m'a remis le sac contenant les pépites.

— A combien évalues-tu cet or ? demanda la jeune fille.

— Il vaut certainement beaucoup plus que ce que la terre seule t'aurait jamais rapporté. Je l'enverrai moi-même chez le changeur. Que préférerais-tu, des pièces ou un lingot ?

— Oh ! des pièces, c'est beaucoup plus joli », répondit Alice joyeusement.

Pierre Chappée avait écouté ce dialogue d'un air triste, et, comme Alice lui demandait la raison de cette mélancolie, il avoua que toutes ses économies lui avaient été volées par Tom Muller.

« J'aurais voulu qu'Annette pût en profiter, dit-il. Mais hélas ! bien que ce misérable soit à présent sous les verrous, je désespère de jamais retrouver ma cassette...

— Mais elle est en sûreté : M. Renny et moi l'avons mise à l'abri, s'écria Alice. Mon Dieu! tout s'est passé si vite que j'avais complètement oublié de vous en parler. »

Le lendemain, tout le monde escorta Pierre Chappée chez lui. Là, on retrouva la cassette sans difficulté. Puis Annette attira Alice un peu à l'écart.

« Charles et moi avons décidé de nous marier bientôt, annonça-t-elle.

— Que je suis contente! s'écria la jeune fille.

— Vous avez été notre providence, Alice, et jamais je n'oublierai tout ce que je vous dois : c'est grâce à vous que j'ai retrouvé Charlie et aussi que mon pauvre grand-père a eu la vie sauve.

— Je crois que le vieux chêne a joué un plus grand rôle que moi, fit Alice en souriant. Sans le message caché à l'intérieur du tronc, je ne sais comment tout cela se serait terminé... »

Avant de quitter le Canada, Alice et ses amies s'enquirent de l'état dans lequel se trouvait leur guide, Bill Atkins. Et leur joie fut grande d'apprendre qu'il entrait en convalescence.

Comme Mme Donnelly se lamentait de voir les jeunes filles la quitter aussi vite, elles lui promirent de revenir l'été suivant.

« Mais il faut nous promettre de ne pas nous réserver autant d'émotions », dit Alice.

A ces mots, Mme Donnelly éclata de rire.

« Je crois, ma petite, que, pour tenir une pareille promesse, il me faudrait vous mettre sous clef toutes les trois! »

Quelque temps après son retour à River City, Alice reçut une longue lettre d'Annette. Celle-ci y avait joint une photographie du vieux chêne qu'Alice rangea soigneusement dans un tiroir, avec certains des objets auxquels elle tenait le plus.

Annette annonçait la condamnation de M. Georges et de ses complices à diverses peines d'emprisonnement.

Ayant raconté ces événements à son père, Alice vint s'installer sur le bras du fauteuil qu'occupait l'avocat et, lui pinçant le bout de l'oreille :

« A ton avis, papa, comment pourrais-je employer mon or ? » demanda-t-elle.

James Roy envoya posément plusieurs ronds de fumée au plafond avant de répondre, les yeux pétillants de malice :

« Je me demande si par hasard tu n'aurais pas envie d'acheter pour de bon une petite propriété... avec des arbres, une rivière, que sais-je, moi ? »

Elle le regarda, ne sachant s'il parlait sérieusement. Puis elle éclata de rire.

« Ce serait une bonne idée, répondit-elle. Alors, papa, cherche-moi un terrain et choisis-le bien. Après les aventures palpitantes que m'a values ma première acquisition, je me sens toute prête à tenter une nouvelle expérience ! »

Table

IMPRIMÉ EN FRANCE PAR L'IMPRIMERIE BUSSIÈRE
à Saint-Amand-Montrond, 18200.
Loi n° 49-956 du 16 juillet 1949 sur les publications destinées à la jeunesse.
Dépôt : septembre 1989.